Bianka Echtermeyer

Netz aus Angst

Das Buch

Charlotte Schmidt gerät bei ihrem ersten Fall an ihre Grenzen

Die Journalistin Charlotte Schmidt ist schockiert über den Hass im Internet, der ihrer Kollegin Hannah Klarenheim derzeit wegen eines Feminismus-Artikels entgegenschlägt. Sie will sich solidarisch zeigen, indem sie Hannah für ihr eigenes Magazin interviewt und ihr so den Rücken stärkt. Doch als sie zum verabredeten Zeitpunkt bei Hannah eintrifft, findet sie diese erstochen auf dem Fußboden in der Küche. Als erste Zeugin am Tatort kommt Charlotte in Kontakt mit der Polizei. Gemeinsam mit Kommissar Daniel Zumsande ermittelt sie in einem Kreis von Frauenhassern und gerät dabei selbst immer mehr in das Visier des Täters. Als sie einen Artikel veröffentlicht, um dem Täter eine Falle zu stellen, spürt sie den Hass plötzlich nicht mehr nur im Internet ...

Die Autorin

Bianka Echtermeyer, geboren 1975 in Warendorf, hat in Münster Geschichte, Politik und Öffentliches Recht studiert. Danach brachte ihr der deutsche Auslandsrundfunk die Deutsche Welle alles über Journalismus bei. 2008 zog sie für einen Job bei Brigitte Online nach Hamburg, wo sie auch heute noch lebt und inzwischen frei arbeitet. „Netz aus Angst“ ist ihr erstes Buch.

Bianka Echtermeyer

Netz aus Angst

MIDNIGHT

Midnight by Ullstein
midnight.ullstein.de

MIX
Papier
FSC® C083411

Originalausgabe bei Midnight
Midnight ist ein Digitalverlag der
Ullstein Buchverlage GmbH, Berlin
November 2018

Umschlaggestaltung:
zero-media.net, München
Titelabbildung: © FinePic®
Innengestaltung: deblik Berlin
Gesetzt aus der Quadraat Pro powered by pepyrus.com
Druck- und Bindearbeiten: CPI books GmbH, Leck

ISBN 978-3-95819-222-5

Prolog

Ihre Knie brannten. Sie legte die Hände auf die nackte Haut, aber das machte die Sache nicht besser. Auch das Holz, auf dem sie lag, war eine Qual. Sie rutschte mit dem Rücken und dem Po ein Stück nach rechts und wieder zurück. Es ging nicht. Immer wieder landeten ihre Knochen in der Ritze zwischen den Holzleisten, sodass sie inzwischen anfingen zu schmerzen.

Neunzig Grad Celsius. Sie senkte den Blick und schaute an sich herunter. Ihre Brustwarzen mochten die große Hitze nicht, aber ihr Busen war noch vollkommen trocken. Auch auf ihrem Bauch war kein Tropfen Schweiß. Die Temperatur war unerträglich, aber es kam nichts aus ihr heraus.

Um sich abzulenken, machte sie sich rund, zog ihre Knie zum Mund und küsste erst das eine und dann das andere. Das Holz links von ihr knackte. Erschrocken stellte sie die Beine wieder auf das weiße Handtuch und legte die Arme neben den Körper. Was war das gewesen?

Nach einem kurzen Moment des Innehaltens kam sie sich lächerlich vor. Hier musste sie nun wirklich keine Angst haben. Sie drehte ihren Kopf zur Glastür rechts von ihr. Es war niemand da, sie war allein. Allmählich ärgerte sie sich, weil sie keine Ruhe fand.

»Das liegt daran, dass deine Gedanken so viel Energie produzieren, dass man diese Sauna damit eine Woche durchheizen könnte«, dachte sie und stöhnte leise auf. Von ihrem Bauchnabel und den Armbeugen flossen die ersten Schweißtropfen.

Es klopfte. Sie zuckte zusammen und schaute sich um. Ein Mann mit Glatze und einem kleinen Pferdeschwanz stand vor der Sauna und winkte ihr durch die Glastür zu. Er trug einen langen tiefblauen Bademantel und hatte weiße Gummischlappen an den Füßen. Sie lächelte gequält zurück. Wenn er reinkommen wollte, sollte er es doch einfach tun. Aber hoffentlich sprach er sie nicht an. Sie hatte keine Lust auf ein belangloses Pläuschchen an ihrem Wellnesstag.

Es klopfte wieder. Oh Mann! Sie drehte den Kopf zur Tür und sah, dass inzwischen ein weiterer Mann mit Jogginghose und T-Shirt neben ihm stand. Das war komisch. War irgendetwas falsch? Vielleicht gab es einen Defekt oder so, auf den sie die Männer aufmerksam machen wollten.

Sie setzte sich auf, nahm die Ecken vom Handtuch und wickelte es fest um sich. Um möglichst gelassen zu wirken, schlenderte sie betont langsam auf die Tür zu. Sie drückte die Klinke runter, aber der Mann im Bademantel war schneller. Seine Hand schoss von außen zum Griff und schob sie wieder zu. Jetzt kam noch ein dritter dazu. Alle fingen laut an zu lachen.

Sie starrte die Männer an und war entsetzt. In ihren Armen begann es langsam zu pochen. Das passierte immer, wenn Panik in ihr aufstieg.

»Könnten Sie bitte die Tür öffnen? Ich möchte hier raus. SOFORT!«

Der Kerl im Bademantel kniff seine Lippen zusammen und warf ihr einen Kuss zu. Von hinten sprang ein weiterer Mann nach vorn. Wo kamen sie alle auf einmal her? Der neue schob die anderen zur Seite und hielt seinen Mittelfinger direkt an die Scheibe. Sie schreckte zurück und fasste nach hinten ins Leere. Der Knoten von ihrem Handtuch lockerte sich, und es rutschte zu Boden.

Wenn das ein blöder Scherz sein sollte, ging er aber mächtig daneben. Sie beugte sich runter und wickelte das Handtuch wieder um sich. Diese doofen Typen mussten zur Rede gestellt werden. Sie trommelte mit der linken Faust gegen die Glastür.

»Das ist nicht witzig. Sie lassen mich jetzt auf der Stelle hier raus. Ich werde das melden«, schrie sie.

Die Männer äfften ihre Panik nach. Der Bademanteltyp hielt einen Zettel an die Scheibe. »HEXE!«

Augenblicklich wurde es in ihr still. Sie war in Gefahr. Der Schweiß strömte von ihr herunter.

Denk nach!, sagte sie sich. Denk nach! Sie atmete heftig und schloss kurz die Augen. In jeder Sauna gab es innen einen Panikknopf. Genau, das war die Lösung. Sie öffnete die Lider, und ihr Blick flog durch den Raum. Wo war der Knopf? Sie schaute sich um, aber sie konnte ihn nicht entdecken.

Hastig stieg sie auf die Stufen, aber sie sah immer weniger. Alles war so schummerig. Die Männer hinter der Tür waren für einen Moment ruhig. Doch dann fing einer an zu grölen, und alle anderen stiegen ein. Nicht daran denken, nicht daran denken! Ihr Herz raste. Wenn sie diesen Knopf nicht fände, würde sie sterben. Sie müsste hier drinnen elend zu Grunde gehen. Es war so furchtbar heiß. Sie tastete sich am Holz entlang, ihre Hände spürten die Vertäfelung, die Holzleisten und die Lücken dazwischen. Aber da war kein Knopf. Ihre Finger sausten rauf und runter. Das Handtuch rutschte ihr wieder vom Körper, und draußen schrien alle noch lauter. Sie versuchte es aufzuheben, aber sie konnte kaum noch etwas sehen. Dann verlor sie das Gleichgewicht und fiel von der letzten Stufe. Ein furchtbarer Schmerz durchzuckte ihr Knie, als es aufschlug. Sie berührte es und fühlte Blut zwischen ihren Fingern.

Warum nur das alles? Was hatte sie getan? Ihre Kraft war weg. Sie ließ sich einfach umfallen und blieb auf dem Boden liegen. Bitte, Gott, wenn es einen Ausweg gibt, dann zeig ihn mir, dachte sie.

Neben ihr zischte der Dampf. Der Ofen. Genau. Sie würde ihn stoppen. Wenn sie ihr Handtuch auf die Steine würfe, könnte sie die Glut doch ersticken? Sie stand rasch wieder auf, um es sofort auszuprobieren. Die Steine zischten unter dem nassen Stoff. Mit einem Mal konnte sie wieder klar sehen. Helle Flammen loderten auf.

Sie schaute zur Glastür, aber es war niemand mehr dort. Ihr Kopf drehte sich zurück zum Feuer. Sie wusste, dass sie jetzt weglaufen konnte. Aber sie blieb einfach stehen. Bis alle Bilder verschwanden.

Als sie aufwachte, lag sie auf dem Boden neben ihrem Bett.

Kapitel 1

Er ruhte regungslos auf dem Sand und war eindeutig tot. Charlotte traute sich nicht, ihn in diesem Zustand anzufassen, obwohl ihr diese Angst recht dämlich vorkam. Was sollte schon passieren? Sie hatte ihn schließlich fast jeden Tag in den letzten fünf Jahren berührt. Sie ging zu ihrer Tasche, holte einen Bleistift heraus und stupste ihn vorsichtig in die Seite. Keine Bewegung ... Mist!

Er konnte doch nicht einfach sterben. Nicht jetzt, wo sie so viel zu tun hatte. Kraftlos ließ sie sich auf den Rattansessel neben dem Fenster fallen und beobachtete ihn durch die Stäbe. Ihr Luzifer, ihr kleiner Wellensittich. Wie oft hatte sie ihn verflucht, seit ihn ihre ehemalige Mitbewohnerin völlig dreist und herzlos bei ihr stehen gelassen hatte. Seit jenem Tag musste sie ihre Zeit so einteilen, dass sie sich um ihn kümmern konnte, er immer genug Essen und Freiflug bekam. Jeden Urlaub hatte sie so organisiert, dass ihn so lange jemand nehmen konnte. Und nun starb er an einem gewöhnlichen Montag eingeschlossen in seinem Käfig.

Sie beugte sich hoch und sah in seinen Napf. Es lag noch genug Futter drin, das Wasser war auch frisch. Hm. Hatte sie etwas falsch gemacht? Hätte sie mit ihm zum Tierarzt gehen müssen? Aber ihr war gar nichts aufgefallen. Er sah so aus wie immer, mit seinen roten Flügeln und dem hellgrünen Kopf. Nun war er ein armer Teufel. Und sie hatte ihn in seinen letzten Stunden nicht retten können. Hastig stand sie auf und ging über die knackenden Dielenböden in die Küche.

»Charlotte, das ist nur ein Vogel«, sagte sie laut zu sich. Die sterben nach ein paar Jahren. Und bei den ganzen Räucherstäbchen, die immer in Katies Zimmer gequalmt haben, war er wahrscheinlich sowieso vorgeschädigt. Sie riss ein paar Streifen von ihrer Küchenrolle ab und machte kehrt zum Wohnzimmer.

Luzifers Käfig stand am schönsten Platz in ihrer kleinen Zwei-Zimmer-Altbauwohnung, die ansonsten wenig Luxus zu bieten hatte. Aber die Balkontür und die zwei Fenster links und rechts waren in einen kleinen Erker eingelassen. Innen gab es einen kleinen Vorsprung aus verschnörkeltem weißem Holz, von dem aus Luzifer einen prächtigen Blick über ihre Straße gehabt hatte. Nicht, dass diese mit den schmucklosen weißen Häusern und den kleinen Balkonen besonders hübsch wäre. Besonders nicht an so einem typischen kargen Märztag in Hamburg.

Sie legte die Küchenrolle über Luzifer und schloss den Käfig wieder. »Mach's gut, kleiner Freund! Morgen früh werde ich dich anständig begraben.«

Sie atmete tief ein und ging rüber zu ihrem Sekretär. Hoffentlich war das die letzte schlimme Aufregung für diese Woche. Sie musste fit sein, so was von fit. Vor ihr stand ihr MacBook, dass sie hochfuhr.

Mit einem Klick öffnete sie das Dokument mit ihren Interviewfragen. Sie begann alle noch einmal durchzugehen, aber das Dokument verschwamm vor ihren Augen. Mach es zu, sagte sie sich. Du hast schon so viele Interviews in deinem Leben geführt, du bist eine gute Journalistin. Aber eine kleine, miese Stimme in ihr setzte nach: Aber dieses Interview ist etwas ganz Besonderes. Sie schloss die Augen und sagte innerlich zu sich: »Stopp! Es wird besonders! Punkt!«

Es lief doch alles gut. Hannah Klarenheim wollte sich mit ihr treffen und ihr ihre Geschichte erzählen.

Damit hatte sie eine spannende Protagonistin für ihren Artikel, und wenn sie den Text gut schrieb, könnte er sehr bewegend werden. Dann wäre die Chance groß, dass eine angesehene Nachrichten-Redaktion wie *Versus* Interesse daran hätte. Ihre Traumüberschrift hatte sie auch schon im Kopf: *Hass im Internet – was Frauen in Shitstorms erleben*.

Ihre Interviewpartnerin stand gerade mitten in einem solchen Shitstorm. Die Tatsache an sich war natürlich noch nicht spektakulär. Inzwischen gab es ja tagtäglich Berichte über digitale Hasswellen gegen irgendwas oder irgendwen auf Facebook, Twitter, in den Kommentaren unter Artikeln oder überall sonst, wo man Buchstaben ins Netz tippen konnte. Wer heute virtuell »Pieps« sagte und jemanden traf, dem das nicht gefiel, konnte sicher sein, dass er im Internet einmal durch den Dreck gezogen wurde.

Aber Charlotte hatte ausgiebig recherchiert und festgestellt, dass es wenig Artikel gab, die sich explizit mit Hass gegen Frauen im Netz beschäftigten. Dabei war der besonders häufig. Zu diesem Thema existierten noch viel zu wenig Untersuchungen, aber die britische Tageszeitung *The Guardian* hatte angefangen und ihre siebzig Millionen Online-Kommentare auf ihrer eigenen Website ausgewertet. Dabei hatten sie herausgefunden, dass von den zehn Autoren, die bei ihnen schrieben und am meisten von Usern beschimpft wurden, acht weiblich waren. Acht von zehn waren weiblich! »Frauenhass in öffentlichen Online-Räumen wächst sich zur Epidemie aus«, schrieb auch die britische Bloggerin und Autorin Laurie Penny in ihrem Buch »Unsagbare Dinge«. Wer im Netz also eine Frau war, egal ob in Großbritannien, Deutschland oder anderswo, und etwas zu sagen hatte, musste damit rechnen, dass starker Gegenwind aufkam, und zwar oft auch unter der Gürtellinie. User beschimpften die Autorinnen, drohten ihnen sexuelle Gewalt an und versuchten sie mundtot zu machen. Feministische Themen waren natürlich Hass-Zielscheibe Nummer eins, aber es konnten manchmal auch ganz harmlose Dinge sein. Sportreporterinnen, die es »wagten«, ein Männerfußballspiel zu kommentieren, gerieten oft ins Schussfeld von Hatern. Charlotte fand, dass es wichtig war, mehr über diese Zusammenhänge zu berichten. Was widerfährt diesen Frauen? Welche psychologischen Muster sind bei den Shitstormern feststellbar, und wie kann sich etwas ändern, damit sich Frauen auch im Internet sicher fühlen?

Hannah Klarenheim war Online-Redakteurin bei der feministischen Website *Gloria*, und Charlotte bewunderte sie für ihren Mut. Sie schrieb trotz aller Hasstiraden unbeirrt über die Dinge, die sie bewegten, und war bei Podiumsdiskussionen immer schlagfertig. Sie kämpfte dafür, dass Frauen in der Gesellschaft sichtbarer wurden. Das bedeutete für sie besserer Lohn, mehr Präsenz in Führungsebenen oder im Fernsehen, beispielsweise in Talkshows. Ihr ging es nicht darum, die Rechte der Männer zu beschneiden, sondern um Gleichheit. Erst wenn alle gehört würden, könnte eine Gesellschaft ihr volles Potenzial entfalten. Charlotte hatte das Gefühl, dass Hannah mit ihrem Engagement etwas bewegte. Sie nahm nicht den einfachen Weg, sie lebte ihre Überzeugungen.

Sie hatte sie schon ein paarmal live erlebt und sich nun ein Herz gefasst. Der neueste Shitstorm gegen Hannah war ein guter Anlass dafür.

In der *Gloria* hatte sie eine kurze Kolumne über alltäglichen Sexismus geschrieben. Nur in einem Nebensatz hatte sie dabei den jungen YouTube-Star Collin X erwähnt. Die Art des Neunzehnjährigen aus Kassel war tatsächlich nichts für Frauen um die dreißig, aber Teenie-Jungs und ein paar Mädels standen auf ihn. Er war erst einmal auffallend wegen seiner Haare – blonde, wuschelige Locken, die nach allen Seiten abstanden. Wenn er den Mund öffnete, quatschte er wild drauflos – meistens über Musik, Games und Pornos. Wobei der Pornokram, den er auf Blogs fand, bei den Hormongesteuerten am besten ankam.

Er hatte seinen Spaß daran, Frauen daran zu erinnern, dass ihr Mund vor allem für Blowjobs gemacht sei. In einigen Clips ließ er sich von zwei Bikini-Schönheiten aus seiner Fangemeinde unterstützen, die seine Sätze mit eindeutigen Gesten untermalten und das vermutlich bereits in weniger als zwei Jahren bereuen würden.

Dass mal jemand über ihn selbst kritisch berichtete, fand der lässige Collin X allerdings gar nicht lustig. Er lästerte drei Folgen lang über Hannah Klarenheim und montierte ihr Foto in SM-Pornos und Ego-Shooter-Filmchen. Bei 1,7 Millionen Abonnenten hatte das Wirkung. Hannah Klarenheim musste sich seit sieben Tagen so ziemlich alles anhören, meistens jedoch, dass sie mal wieder einen richtigen Arschfick brauchen könnte.

Charlotte wollte das aktuelle Beispiel von Hannah nehmen und persönliche Statements von ihr in ihrem Artikel einbauen. Daneben würde sie noch Psychologinnen interviewen und die *Guardian*-Studie zitieren. Das würde ein guter Text werden.

Sie lehnte sich in ihren Stuhl zurück, hob ihre langen braunen Haare hoch, als wollte sie einen Zopf machen, und ließ sie wieder fallen. Morgen würde sie Hannah in ihrer Wohnung besuchen, weil sie das so gewollt hatte. Als Charlotte über sie nachdachte, musste sie zugeben, dass sie sie trotz Shitstorm beneidete. Sie hatte eine tolle Position in einer einflussreichen Redaktion und schrieb Artikel, die Inhalt hatten. Die etwas Neues aufdeckten oder einem bestehenden Thema mehr Tiefe gaben. In vielen anderen Online-Redaktionen ging es oft nur noch um »schnell, schnell«.

Ihre Eltern würden sich über einen festen Job bestimmt auch freuen. Sie taten sich schwer damit, dass Charlotte keine Banklehre gemacht hatte, sondern »irgendwas mit Medien«, und das auch noch freiberuflich!

So und jetzt noch mal »Stopp!« im Kopf, dachte sie sich. Sie würde es schaffen. Ihr Wille war schon immer stark gewesen. Und irgendwann wäre sie auch wieder der fester Teil eines Teams.

Vorerst arbeitete sie nämlich drei Tage die Woche als freie und gleichzeitig einzige Online-Redakteurin bei dem Kitsch-Heft *Schicksalstage*, das auch im Internet »aktiv und dabei« sein wollte. »Wir schreiben Geschichten von normalen Leuten. Unsere Artikel haben einen Hauch Sehnsucht und einen großen Strauß Gefühle.« Diesen Slogan hatte sich ihr Chefredakteur Eugen Rehweiler ausgedacht. Etwas verrückt. Aber der Job zahlte die Miete.

Aber nicht mehr lange hoffentlich. Wenn sie ihren Artikel über Hannah Klarenheim verkaufen könnte, hätte sie endlich wieder eine aktuelle, gute Arbeitsprobe, die sie bei Vorstellungsterminen für seriöse Redaktionen vorlegen konnte. Sie war fünfunddreißig Jahre alt und noch lange nicht zu alt für einen neuen, festen Job. Scheitern war keine Option.

Ein letztes Mal drehte sie sich um zu Luzifer. Kleiner Mann, wo du jetzt auch bist, bald wirst du stolz auf mich sein.

Kapitel 2

Ostereier, bunte Nester, Lebensmittelfarbe, Kerzen, Häschen, Gänslein, Schleifen. Charlotte starrte gedankenverloren in das Schaufenster einer Kaffee-Filiale. Es war 15.38 Uhr – erst um achtzehn Uhr war sie zum Interview verabredet. Sie hatte noch viel zu viel Zeit. Alles, was sie heute erledigen wollte, hatte sie getan. Sogar für Luzifer hatte sie ein schönes Plätzchen im Garten hinter ihrem Haus gefunden. Hoffentlich hatte sie nur kein Nachbar beobachtet, wie sie eine Leiche im Gebüsch vergrub, denn das war bestimmt nicht erlaubt. Aber sie hätte ihn nicht einfach in die Tonne werfen können.

Mit ihrem Fahrrad war sie schon ganz in der Nähe des Eppendorfer Weges, wo in einer Seitenstraße Hannah Klarenheim wohnte. Aber anrufen und fragen, ob sie früher kommen sollte, wollte sie nicht. Das wirkte unprofessionell. Sie streunte also noch etwas ziellos durch die Straßen, schaute in den ein oder anderen Laden rein, bis es irgendwann sechs war.

An der Lindenallee 43, einem einfachen roten Klinkerbau, suchte sie nach dem Namen von Hannah Klarenheim und klingelte. Nichts geschah. Sie drückte erneut, aber es passierte wieder nichts. Ob Hannah es sich anders überlegt hatte? Charlotte holte ihr iPhone raus und schaute nach, ob sie eine Nachricht oder E-Mail bekommen hatte. Nichts. Sie trat einen Schritt zurück und guckte die Hausfassade hoch. Hinter den Fenstern bewegte sich niemand. Sie atmete durch und rüttelte am Türknopf, bis sie bemerkte, dass er nachgab. Das war ihre

Chance. Sie würde es noch einmal an Hannahs Wohnungstür versuchen.

Sie ging langsam die alten Holztreppen hoch und fand den Namen an einer Wohnung im zweiten Stock. Die Tür stand einen Spalt offen. Das war aber merkwürdig. Sie drückte sie etwas auf und sah in einen kleinen Flur.

»Frau Klarenheim? Sind Sie da? Hier ist Charlotte Schmidt, wir waren verabredet.«

Sie blieb draußen stehen und wartete. Es kam keine Reaktion. Sie rief noch einmal.

Plötzlich bekam sie etwas Angst. Vielleicht hatte jemand eingebrochen, und Hannah würde entweder gleich nach Hause kommen und sie hier vorfinden, oder sie war rausgerannt. Charlotte hatte keine Ahnung, was sie tun sollte. Unschlüssig stand sie herum und räusperte sich. Dann entschied sie sich dafür, die Wohnung kurz zu betreten, um nachzuschen, ob Hannah nicht etwa mit Unterzucker am Boden lag. Sie ging hinein und kam sich vor wie ein Einbrecher.

»Hallo! Ist hier jemand? Frau Klarenheim? Geht es Ihnen gut? Ich komme nur rein, weil ich mir Sorgen mache.«

Sie konnte links schon die ersten Schränke der grauen Küche sehen. Doch dann veränderte sich alles. Charlotte blieb stehen und schaute runter, aber sie verstand gar nichts.

Hannah Klarenheim lag gekrümmt auf dem Boden und bewegte sich nicht. Der Kopf war zu den Knien geneigt, die Beine waren angewinkelt. Die linke Hand ruhte auf dem Bauch, als wollte sie sich schützen. Durch ihre Finger kroch Blut auf den Boden. Charlotte hielt sich am Türrahmen fest. Was war das hier?

Schnell beugte sie sich hinab und rüttelte an Hannahs Schulter.

»Frau Klarenheim. Hören Sie mich? Geht es ihnen gut?«

Der Körper ruckelte von der Bewegung, aber es kam keine Antwort. Charlotte fasste sie heftiger an. Doch dabei kippte Hannah auf den Rücken. Ihre blauen Augen waren weit geöffnet.

Charlotte ließ sie los, rutschte zurück und knallte mit ihrem Rücken gegen die Küchenzeile. Hannah Klarenheim war tot. Charlotte atmete heftig und suchte ihre Tasche. Die Polizei, sie musste die Polizei anrufen. Am liebsten hätte sie sich übergeben.

Die beiden Streifenpolizisten, ein älterer Mann mit dunklem Vollbart und eine Frau mit blondem Pferdeschwanz waren acht Minuten später in der Wohnung. Charlotte saß bis zu ihrer Ankunft genau an derselben Stelle. Ihr Kopf war stehen geblieben wie eine kaputte Uhr. Sie starrte auf die Schleifspuren im Blut, die sie selbst verursacht hatte.

Die Polizisten telefonierten. Es würden noch mehr von ihnen kommen. Die Frau, die sich als Ulrike Wennert vorstellte, kniete sich hin. Charlotte sah in ihre Augen. »Können Sie mir Ihren Namen sagen?«

»Charlotte Schmidt.«

»Wissen Sie, wie die Frau in der Küche heißt? Hatten Sie Streit?«

Die Worte kamen langsam in ihrem Kopf an. Ging die Polizistin davon aus, dass sie Hannah getötet hatte?

»Nein, nein. Das ist Hannah Klarenheim. Das hier ist ihre Wohnung. Ich wollte hierherkommen, sie interviewen, wegen des Shitstorms. Aber da lag sie schon am Boden. Mit dem Blut.«

»Verstehe. Haben Sie jemanden gesehen? Jemanden, der weggelaufen ist, vielleicht?«

»Nein, niemand war hier. Keiner. Keiner war da. Ich habe geklingelt, aber es ist niemand gekommen.«

»Warum waren sie in der Wohnung?«

»Das sagte ich doch schon. Weil ich sie interviewen wollte.«

»Die Tote? Wozu?«

»Hannah Klarenheim steht doch mitten in einem Shitstorm!«

Charlotte wollte nichts mehr sagen. Sie dachte daran, dass es schön wäre, jetzt ein Tier zu sein. Dann könnte sie ihrem Fluchtreflex folgen und wegrennen. Sie begann am Oberkörper zu zittern, bis die Kälte ihren Mund erreicht hatte. Die Polizistin schaute sie ruhig an und brachte sie zur Treppe im Hausflur, wo sie sich hinsetzen sollte. Ihr Kollege rannte weg und kam mit einem Absperrband zurück. Charlotte hätte am liebsten geweint, aber sie unterdrückte den Wunsch, obwohl sie nicht wusste, warum sie das tat.

In den nächsten Minuten begrüßten sich Männer und Frauen im Flur, als hätten sie sich zum gemeinsamen Fußballgucken verabredet. Keiner von ihnen zeigte Anzeichen von Panik oder war schockiert. Sie zogen weiße Overalls an, stülpten blaue Plastikbeutel über ihre Schuhe, gingen in die Wohnung und sahen alle gleich aus. Ein Mann stellte eine große Leuchte vor die Tür. Charlotte blieb einfach sitzen. Dann kam ein anderer Mann, fragte nach ihrem Personalausweis und schrieb sich die Daten auf einen Zettel, der auf einem Klemmblock steckte.

Charlotte starrte nur auf ihre schwarzen Stiefeletten mit den goldenen Verschlüssen. Sie wollte ins Bett, so schnell wie möglich, und all das hier vergessen.

»Geht es Ihnen gut?«

Charlotte schaute zur Seite. Ein Mann saß direkt neben ihr, sie hatte gar nicht bemerkt, dass jemand zu ihr gekommen war. Sie sah nur seine hellblauen Augen, der Rest steckte in dem weißen Anzug. Er fokussierte sie, und sein Blick flackerte keine Sekunde. Sie konnte gar nicht anders, als starr zurückzuschauen. Abrupt wurden seine Gesichtszüge weich, und er lächelte.

»Sie sind Charlotte Schmidt, wenn ich das richtig mitbekommen habe, nicht wahr?«

Sie blieb stumm.

»Ich bin Daniel Zumsande. Oberkommissar beim Landeskriminalamt Hamburg.«

Charlotte versuchte, wieder einen klaren Gedanken zu finden. »Ich habe Hannah Klarenheim nichts getan. Sie lag so da, als ich gekommen bin.«

Daniel Zumsande blieb unbeeindruckt. »Sie brauchen keine Angst zu haben. Wir sind nicht hier, um Sie zu verdächtigen. Wir möchten nur die Wahrheit herausfinden.«

Er fuhr einfach fort: »Frau Schmidt, wir brauchen Ihre Hilfe. Sie haben der Kollegin Wennert am Anfang erzählt, dass sie die Tote angefasst haben, um zu schauen, ob sie noch lebt. Fühlen Sie sich in der Lage, zurück in die Küche zu gehen und uns die Position zu beschreiben, wie Sie Frau Klarenheim ursprünglich aufgefunden haben?« Charlotte wollte das nicht, aber sie sagte trotzdem zu.

In den nächsten Stunden wurde sie ununterbrochen ausgefragt. Erst in der Küche, später brachte man sie mit einem Streifenwagen ins Landeskriminalamt. Sie musste eine DNA-Probe abgeben und am Schreibtisch eines jungen Polizisten alles erzählen, was sie jemals über Hannah Klarenheim gehört und gesehen hatte. Er stellte sich als Dennis Behrendt vor und konnte nicht älter als fünfundzwanzig Jahre sein, auch wenn er kaum noch Haare hatte. Gewissenhaft schrieb er alles auf, was sie sagte, und schien überhaupt keine Eile zu haben. Irgendwann schaute sie auf die Uhr: zwei Uhr morgens.

»Frau Schmidt, warum sind Sie in die offene Wohnung gegangen?«

Charlotte wurde sauer. »Aber genau diese Frage haben Sie mir doch schon gestellt.«

»Ich weiß, ich frage Sie noch einmal.«

»Können Sie nicht weiter vorn nachschauen, da steht es doch.«

»Ich möchte aber, dass Sie es mir noch einmal erzählen.« Dazu hatte sie keine Lust, sie wollte nach Hause und sich die Decke über den Kopf ziehen.

»Wissen Sie, es geht mir wirklich nicht gut. Ich verstehe ja noch nicht einmal, warum Hannah Klarenheim tot ist.«

Hinter sich hörte sie eine Stimme: »Dennis, ich kann gern übernehmen.«

Charlotte drehte sich um, aber sie konnte im dunklen Raum nichts erkennen, weil sie stundenlang in das grelle Licht der Schreibtischlampe gestarrt hatte. Die Stimme kam näher und gehörte zu einem großen Mann, der auf Dennis Behrendt zuging.

»Du kannst kurz Pause machen, wenn du willst.«

Der junge Polizist widersetzte sich kein bisschen und schoss von seinem Stuhl hoch.

Charlotte erkannte den anderen Mann an den Augen. Es war Daniel Zumsande, dieses Mal ohne weißen Schutzanzug. Er setzte sich und las das Protokoll auf dem Bildschirm durch, ohne etwas zu sagen. Charlotte beobachtete ihn. Sein dunkelblondes Haar war sehr kurz geschnitten, er trug blaue Jeans und ein leicht schlabberiges schwarzes T-Shirt. Darüber eine schwarze Lederjacke, die schon etwas abgewetzt aussah. Auf den linken Ärmel war ein großes orangefarbenes Abzeichen genäht. Ob das für einen Club stand?

»Wir wollen Sie nicht mehr lange quälen. Aber als erste Zeugin sind Sie ein besonderer Mensch für uns.«

Er machte eine Pause und wartete. Charlotte verstand nicht, worauf.

»Okay?«

Er stellte beide Arme auf die Lehnen auf. »Sie haben angegeben, dass sie sofort wussten, dass es Hannah Klarenheim ist, die in der Küche lag. Aber Sie haben gesagt, dass Sie sich persönlich nicht kannten.«

»Ja, aber ich habe sie schon dreimal auf Podiumsdiskussionen gesehen. Also, ich saß im Publikum.«

»Worum ging es da?«

»Verschiedene Themen, aber eigentlich immer um *Women Empowerment*.«

»Um was bitte?«

»Women Empowerment. Kennen Sie das nicht? Dabei geht es darum, die Rechte der Frauen in der Gesellschaft zu stärken. Hannah Klarenheim ist in Deutschland eine bekannte Persönlichkeit in dem Bereich.«

Sie stockte.

»*War* muss ich jetzt wohl sagen.« Langsam senkte sie den Kopf.

Er dagegen beobachtete sie. »Sie haben nichts zu den Schmierereien an der Wand angegeben.«

Charlotte horchte auf. »Schmierereien?«

Sie waren beide irritiert.

»Die Schrift im Schlafzimmer.«

»Das habe ich gar nicht gesehen. Ich bin nur bis zur Küche gekommen.«

Er räusperte sich. Sie hatte das Gefühl, dass ihn die letzte Frage entspannt hatte.

»Was stand denn da?«

»Das darf ich Ihnen leider nicht sagen.«

Charlotte ließ die Schultern sinken.

»Als Sie in die Küche kamen: Lag dort eine Waffe?«

Jetzt hatte sie keine Lust mehr. »Ich habe nichts gesehen und auch nichts mitgenommen. Das habe ich Dennis Behrendt schon gesagt.«

Er ließ nicht locker. »Haben Sie auf den Messerblock geachtet? War er vollständig?«

»Ehrlich. Keine Ahnung. Ich muss diese Situation begreifen. Es passt einiges nicht zusammen.«

Er machte eine Pause.

»Was meinen Sie damit?«

»Diese Typen, diese Shitstormer. Das ist ungewöhnlich.«

»Fahren Sie fort.«

»Das habe ich auch gerade Ihrem Kollegen gesagt. Ich recherchiere schon etwas länger, und die aggressivsten Shitstormer sind in der Regel die, die ihre Gruppenzugehörigkeit in Gefahr sehen.«

»Geht das auch etwas genauer?«

»Eine Psychologin hat mir das Phänomen erklärt. Es ist davon auszugehen, dass das Leute sind, die ihren Selbstwert extrem stark darüber definieren, Teil einer Gruppe zu sein. Die Deutschen, Männer, Veganer, Online-Gamer. Was auch immer. Wenn jemand durch Artikel oder Ähnliches die Gruppe vermeintlich angreift, wollen die Shitstormer diese Person zerstören. Damit stellen sie ihr eigenes Selbstwertgefühl wieder her. Aber das Entscheidende ist: Das läuft in der Regel virtuell. Es passt nicht ins Bild, dass diese Typen Hannah Klarenheim wirklich getötet haben.«

»Sie wissen doch gar nicht, wer sie umgebracht hat.«

»Ja, das ist richtig.« Sie wischte sich über die Augen.

Er schob Zettel zusammen, die auch schon vorher geordnet dagelegen hatten. »Ich schreibe nur noch kurz zu Ende, und dann müssen Sie das Ganze unterschreiben.«

Charlotte nickte.

»Soll ich jemanden für Sie anrufen, der Sie abholen kommt?«

Sie schloss die Augen und öffnete sie wieder. »Nein, ich lebe allein. Ich nehme mir ein Taxi. Das ist kein Problem.«

Er sah sie an und zögerte. »Hören Sie, ich habe eigentlich keine Zeit, weil wir hier noch die ganze Nacht durcharbeiten werden. Aber ich kann Sie kurz nach Hause fahren, wenn Sie möchten. Sie wohnen in Eppendorf, richtig? Das ist ja nicht weit von hier.«

Die Aussicht, bald in ihrer vertrauten Wohnung zu sein, war mehr als tröstlich. »Wie Sie möchten. Das wäre nett.«

Es dauerte noch über eine Stunde, bis sie loskamen, aber als sie in seinem Audi saß, die Heizung ansprang und sie schweigend durch das dunkle Hamburg fuhren, fühlte sie sich merkwürdigerweise geborgen. Und das an so einem furchtbaren Tag. Sie hatte sich darauf gefreut, Hannah Klarenheim zu treffen. Aber nicht als Leiche!

Sie guckte zu Daniel Zumsande rüber. Sein Blick war auf die Straße gerichtet, er wirkte ruhig und ausgeglichen. Was für ein Typ war er wohl? So wie sie ihn einschätzte, war er in ihrem Alter. Eventuell ein, zwei Jahre älter. Sie drehte sich nach rechts und schaute raus auf die Häuser.

»Entschuldigung, dass ich Sie frage.«

Charlotte war nervös, was nun kommen würde. »Hm.«

»Mochten Sie Hannah Klarenheim?«

Mit dieser Frage hatte sie nicht gerechnet. »Das kann ich nicht sagen. Persönlich haben wir nie miteinander gesprochen.«

Sie überlegte kurz und fuhr dann fort: »Aber ich habe bewundert, wie sie ihren Job gemacht hat. Sie hat über Feminismus geschrieben, obwohl sie dauernd angefeindet wurde. Ich glaube, sie hatte vor nichts Angst.«

Er nickte still und fragte nicht weiter.

Inzwischen waren sie vor ihrer Haustür angekommen. Sie schnallte sich ab und griff nach ihrer Tasche. Daniel Zumsande schaute sie an und umklammerte das Lenkrad, als hätte er Angst, dass es abfallen könnte.

»Ich komme besser kurz mit rein. Nur damit Sie sicher sind.«

Charlotte war zu müde, um darauf irgendetwas zu antworten, und nickte. Er folgte ihr schweigend, als sie in den ersten Stock ging und dann ihre Tür aufschloss.

»Ich checke nur kurz Ihre Wohnung, nicht, dass jemand hier war ...«

Daniel Zumsande zog an ihr vorbei und schaute sich in aller Ruhe um. Er ging in die kleine Küche mit der alten Küchenzeile, die sie weiß angestrichen hatte, dann in den Flur, sein Blick streifte ihr Bücherregal, und schließlich betrat er ihr Wohnzimmer. Charlotte war immer hinter ihm geblieben. Sie hielt vor dem Sofa und beobachtete ihn. Er guckte weiter seelenruhig um sich, bis er schließlich vor dem Vogelkäfig stehen blieb.

»Wo sind denn die Vögel?«

»Mein Wellensittich ist gestern gestorben.«

Er drehte sich zu ihr und grinste. »Zwei Leichen in so kurzer Zeit, das ist ziemlich traurig.«

Sie hatte keine Energie mehr an diesem Tag, um zu lachen.

Sein Grinsen erlosch, und er kratzte sich an der Nase.

»Okay, ich muss wieder ins Präsidium. Wahrscheinlich wird sich das LKA morgen bei Ihnen melden.«

Charlotte nickte. Sie gingen zurück zur Wohnungstür.

»Meinen Sie, Sie schaffen die Nacht? Geht es Ihnen gut?«

»Ich weiß es nicht. Aber ich brauche jetzt ein paar Stunden Ruhe.«

»Wenn etwas sein sollte, rufen Sie mich einfach an.« Er kramte eine Visitenkarte aus seiner Lederjacke und gab sie ihr. »Egal wann.«

Charlotte nahm die Karte und schaute sie an. Plötzlich berührte er sie leicht am Oberarm. Ihr Blick schoss hoch.

Er zog sich zurück und wurde ernst. »Schlafen Sie gut!«

Fast stolperte er die erste Stufe runter.

»Danke für alles! Gute Nacht!«
Das Treppenhaus hatte ihn bereits verschluckt.

Kapitel 3

Charlotte blinzelte und registrierte das Tageslicht hinter den dunkelblauen Vorhängen. Ihr Blick ging weiter zu dem Korbsessel, auf dem ihre Klamotten kreuz und quer durcheinandergeworfen waren, und dann zu ihrem Nachttisch. Der Wecker zeigte 9.10 Uhr.

Langsam kamen die Ereignisse vom letzten Tag zurück und mit ihnen ein mieses Gefühl. Die tote Hannah Klarenheim, das Chaos in ihrem Kopf, das lange Verhör. Sie wollte das alles nicht wahrhaben.

Auf ihrem Nachttisch piepte ihr iPhone. Sie zog es rüber und sah, dass sie eine WhatsApp von ihrer besten Freundin Kerstin bekommen hatte.

> Hey, wie war denn dein Interview? Hat sie gute Sachen gesagt? Dein Artikel wird bestimmt megatoll.

Kerstin wusste noch nichts, und Charlotte fragte sich, warum sie ihr gestern nicht mehr Bescheid gegeben hatte. Vielleicht wollte sie sie nicht belästigen. Ihre beste Freundin war außerdem gut beschäftigt – sie war Geschäftsführerin einer Personalvermittlungsagentur, die Fachkräfte in der Logistik- und Schifffahrtsindustrie in tolle Jobs brachte.

Sie begann zu tippen.

> Als ich in die Wohnung kam, lag Hannah Klarenheim tot auf dem Boden. Ermordet. Ich war die ganze Nacht im Landeskriminalamt.

Senden. Wie unkompliziert das geschrieben aussah. Sie legte das iPhone wieder zurück.

Dreißig Sekunden später klingelte es.

»Das ist hoffentlich ein Scherz«, begrüßte sie ihre Freundin Kerstin.

»Nein. Leider nicht.« Charlotte spulte den Tag noch einmal herunter – darin hatte sie ja Routine seit letzter Nacht. »Wieso hast du dich denn nicht gemeldet? Ich wäre doch gekommen und hätte dich abgeholt.« Ihre Freundin war fast wütend.

»Aber du musst doch heute arbeiten. Ich bin erst nach drei Uhr nachts wieder hier gewesen.«

»Hallo? Du rufst mich ja nicht an, weil dir eine Tüte Milch umgefallen ist. Soll ich zu dir kommen? Ich könnte ein paar Termine absagen.«

»Nein, auf keinen Fall. Das geht schon. Wir können uns heute Abend treffen, wenn du magst.«

Während sie redeten, hörte Charlotte, dass ein weiterer Teilnehmer anrief. Ob es das LKA war? Charlotte beendete das Gespräch und nahm an.

»Bist du dran, Charlotte?« Es war nicht das LKA, es war Melli, eine Kollegin von *Schicksalstage*. Charlotte seufzte innerlich.

»Ja, ich bin's.«

»Kommst du heute gar nicht zur Arbeit?«

»Daran habe ich nicht gedacht. Mir geht es gerade nicht gut.«

»Du musst kommen, Eugen hat schon mehrmals nach dir gefragt. Hier im Verlag wurden die ganzen Bedingungen für die Abonnements geändert. Das muss jetzt alles auf der Website angepasst werden.«

Charlotte wusste nicht, was sie sagen sollte. »Tut mir leid, Melli, ich kann heute einfach nicht arbeiten.«

Am anderen Ende entstand kurzes Schweigen. »Was meinst du damit?«

Charlotte seufzte und sagte nichts.

»Aber wer soll die Anpassungen machen? Das kann doch niemand außer dir«, fuhr ihre Kollegin fort.

Charlotte hatte noch nicht einmal die Kraft, um zu diskutieren.

»Pass auf, ich mach mich jetzt fertig und fahr los. Spätestens um elf Uhr bin ich da.«

Melli bedankte sich und beendete das Gespräch.

Charlotte setzte sich auf und wollte gerade Luzifers Napf füllen, als ihr einfiel, dass er nicht mehr da war. Sie starrte einen Moment geradeaus und gab sich dann einen Ruck. Sie ging unter die Dusche, und das warme Wasser tat ihr gut.

Zurück im Schlafzimmer, fiel ihr Blick auf die Sachen von letzter Nacht. Ihr Kleid, ihre Stiefeletten und die Wollstrumpfhose, an der sogar ein kleiner Blutfleck klebte. Es war das Blut von Hannah Klarenheim. Sie fasste einen Entschluss und warf die Strumpfhose in die Mülltonne.

Sie zog die Daunenjacke über ihr Kleid, setzte sich ihre Mütze auf, nahm ihre Tasche und ging aus dem Haus. Es war ein sonniger Tag, genau wie gestern – bevor all das geschehen war.

Als sie an den Ausläufern der Alster vorbeiradelte, beruhigten sich ihre Nerven ein bisschen. Sie suchte sich ihren Weg zwischen den joggenden Menschen und sah von Weitem das Restaurant-Café *Cliff*. Auf gleicher Höhe lag der Simone-Trichter-Verlag, eines der Traditionsmedienhäuser Hamburgs. Publiziert wurden hauptsächlich Klatsch- und Living-Zeitschriften, was immer noch gutes Geld machte.

Charlotte beschloss, Eugen alles zu erzählen. Sie betrat die Halle des riesigen Villa-Komplexes, in dem die Räume der *Schicksalstage* lagen, und fuhr mit dem Fahrstuhl direkt nach oben.

Außer Melli konnte sie niemanden in den Büroräumen entdecken. Diese saß ganz vertieft hinter ihrem Schreibtisch. Ihr langes schwarzes Haar hatte sie akkurat gescheitelt, und ihr Wickelkleid leuchtete hellblau. Vor ein paar Wochen hatte sie ihre Liebe zur indischen Kultur entdeckt und lebte diese Leidenschaft nun voll aus.

»Wo sind denn alle?«, fragte Charlotte.

Melli schaute hinter ihrer Lesebrille hervor. »Ach, Charlotte. Gut, dass du da bist.«

»Ist alles in Ordnung?«

Melli war schon wieder vertieft. »Unten im Konferenzraum ist ein Anzeigentermin mit Verkostung.«

»Ist Eugen auch dabei?«

»Nein, der ist in seinem Büro. Du sollst zu ihm kommen.« Charlotte spürte, wie es in ihrem Bauch ungut kribbelte.

Auf dem Weg zu seinem Zimmer hingen die Cover der auflagenstärksten Ausgaben an der Wand:

»Zwangsadoptiert – aber das Schicksal hat diese Zwillinge wieder zusammengeführt!« – »Wie diese Frau endlich lernte, ihre alte Liebe loszulassen.« – »Zehn Menschen, die ihr Vorleben kennen – und damit ihr heutiges Jetzt meistern! Mit Selbsttest!« – »Ich dachte, in mir steckt keine Leidenschaft mehr, aber dann kam ER!«

Charlotte öffnete die Tür von Eugens Büro und lief direkt in eine Rauchwolke.

»Eugen, ich werde eingenebelt.«

»Oh, entschuldige.« Sie hörte, wie sein Drehstuhl zurückrollte und er ein Fenster weit öffnete.

»Du weiß schon, dass dich die Zigaretten irgendwann umbringen werden?«

»Jep. Dann macht ihr bitte eine große Geschichte draus.«

Charlotte schloss die Tür und suchte sich einen Weg zwischen den Tausenden von Stapeln in seinem Büro. Überall lagen Zeitschriften, Zeitungsausschnitte, alte Covervorschläge, Ausdrucke von Geschichten, Aschenbecher und Ordner. Sie hatte keinen Schimmer, wie er in diesem Chaos arbeiten konnte.

»Wie sollten wir die Titelzeile texten? *Er hoffte bis zuletzt, doch am Ende klammerte er sich an sein Raucherbein und starb …?*«

»Kein schlechter Vorschlag. Ich bin eher für: *Am Schluss lichtete sich der Rauch, und er erkannte die universelle Wahrheit.*«

Charlotte musste lächeln. »Das würde ich lesen wollen.«

»Na siehste.«

Sie setzte sich auf den einzigen Besucherstuhl, der noch Platz im Raum gefunden hatte.

»Ich bin gleich bei dir. Ich schreib nur noch diese Mail zu Ende«, sagte er.

Seine Füße steckten in schlammverschmierten Cowboystiefeln, dazu trug er ultra-enge graue Jeans und – wie jeden Tag – ein T-Shirt. Meistens waren es Konzertshirts von Hardrock-Bands, so wie heute das von AC/DC. Sein langes, komplett graues Haar hatte er im Nacken zusammengebunden, und an seinem Ohr baumelten allerhand Ohrringe. Selbstverständlich waren seine Arme von oben bis unten tätowiert. Wäre sie ihm auf der Straße begegnet, hätte sie wohl vermutet, dass ihm eine dunkle, laute Kneipe auf der Reeperbahn mit zwanzig Sexarbeiterinnen im Hinterhof gehörte. Aber nicht, dass er der Chefredakteur einer Esoterik-Klatsch-Zeitschrift sei. Aber in ihm steckte eben mehr universelle Wahrheit als man auf den ersten Eindruck vermuten würde.

An den Wänden hing nur ein schwarzes Poster mit einem Spruch. »Sei du selbst – alle anderen sind bereits vergeben. Oscar Wilde«. Er war fertig mit der Mail und schaute zu ihr rüber.

»Na, was war heute los? Du kommst doch sonst nie zu spät. Und das an so einem wichtigen Tag.«

Charlotte begriff nicht. »Wieso?«

»Das Schicksal hat zugeschlagen. Die ganzen Abo-Prämien und Preise sind geändert worden. Ein Traum!«

»Das ist wirklich ein großer Tag!« Sie zuckte zusammen.

Er zögerte und betrachtete sie. »Was ist los?«

»Ich habe die ganze Nacht beim LKA gesessen.«

»Okay, diese Geschichte bitte von Anfang an.«

Sie seufzte und erzählte wieder die ganze Geschichte. Er hörte aufmerksam zu. Als sie fertig war, schwiegen beide für einen Moment.

»Das ist deine Chance«, sagte er schließlich.

»Wie bitte?« Sie hatte mit allem gerechnet, aber nicht mit diesem Satz.

»Du hast doch gerade gesagt, dass du Hannah Klarenheim für ihr Engagement bewundert hast. Nun kannst du deinen Mut beweisen.«

War er verrückt geworden? »Was meinst du damit?«

»Schreib über das, was du erlebt hast. Und recherchier noch weiter.«

»Das kann ich nicht.« Ihre Kehle schnürte sich zu.

Eugen beugte sich vor und stützte seine Ellbogen auf der Schreibtischplatte ab. »Meinst du nicht, dass du es Hannah schuldig bist? Finde doch heraus, wer dahintersteckt. Steig in die Ermittlungen ein.«

Was hatte er für Ideen? »Ich könnte auch einfach den Mörder überführen.«

»Ja, das wäre perfekt.«

Jetzt stieg Wut in ihr hoch.

»Was verlangst du da? Ich habe kaum geschlafen und gestern eine Leiche gefunden ...«

Sie stoppte.

»Das weiß ich alles. Aber frag dich doch einmal, warum ausgerechnet du da warst. Ich sehe das so: Es ist deine Aufgabe als Journalistin, dem nachzugehen.«

Charlotte sah hoch.

»So einfach ist das nicht.«

Eugen guckte sie scharf an.

»Vor mir sitzt eine starke Frau. Eine, die mit Herzblut Journalistin ist. Die etwas bewegen will, empathisch ist und einen guten Sinn für Gerechtigkeit hat. Wieso soll es nicht gehen?«

»Aber wie stellst du dir das vor?«

»Du bist doch tief in dem Thema drin.«"

»Eigentlich wollte ich *Versus* den Artikel anbieten – er sollte gesellschaftspolitisch werden.«

»Das kann er doch immer noch. Du schreibst einen seriösen für *Versus* und die großen Gefühle packst du in einen zweiten für uns.«

Nun musste sie etwas lächeln.

Eugen grinste auch. »Und denk daran: Jede Begegnung hat einen

Grund. Wer ist dir in den letzten Tagen besonders aufgefallen? Vielleicht hast du auch einen Shitstormer schon im Verdacht?«

Charlotte dachte an Daniel. Sie war ihm begegnet, er hatte sie mit nach Hause genommen. Er war kein Shitstormer und auch nicht der Täter, aber vielleicht war dieser Kontakt trotzdem von Bedeutung.

»Gestern hat mich ein Polizist nach Hause gebracht.«

»Ein Polizist?« Eugen überlegte kurz. »Gut, wenn du jemanden von der Polizei persönlich kennst, kannst du ihn noch einmal fragen. Damit bist du direkt am Geschehen dran.« Er redete einfach weiter. »Du könntest für uns über die verhängnisvolle Verkettung zu Hannah Klarenheim bis zu ihrem Mord schreiben. Und deinem Schicksal, das damit verwoben ist.«

»Das traust du mir zu?«

»Noch viel mehr, Lotte.«

Charlotte hatte das Gefühl, dass ihr Herz den ganzen Tag schneller als normal schlug. Sie saß an ihrem Platz in der Redaktion und schaute ins Internet, ob es bereits Meldungen zu Hannah Klarenheim gab. Aber außer einer auf der Website der *Hamburger Morgenpost* entdeckte sie nichts. Und darin stand nur allgemein, dass eine Frau tot in einer Wohnung in Eimsbüttel aufgefunden wurde. Die Presse hatte noch keine Ahnung. Vielleicht lag es daran, dass Hamburg gerade Skiferien hatte und die Stadt quasi nur halb voll war, was die Redaktionen mit einschloss.

Aber es würde nicht mehr lange dauern. Die Polizei war sicherlich in der Redaktion von *Gloria* gewesen. Und wer in einem Verlag Journalisten befragte, konnte sicher sein, dass bald Informationen veröffentlich wurden.

Charlotte wechselte auf die Website des Landeskriminalamtes und loggte sich in den Pressebereich ein. Morgen um elf Uhr war eine Pressekonferenz angesetzt, als Betreff stand nur kryptisch »Mordkommission Shitstorm gibt Auskunft«. Sie machte den Anfang und meldete sich an. Dann sah sie sich auf ihrem Rechner die vielen Notizen durch, die sie bereits gesammelt hatte. Links zu Interviews mit Hannah Klarenheim und Auszüge ihrer Arbeit. Sie vertiefte sich noch einmal in die Texte und hoffte, irgendeine Andeutung zu finden, die auf einen Täter hinweisen konnte. Aber sie entdeckte rein gar nichts.

Sie wollte den Rechner schon zuklappen, als sie eine Passage in einem Interview aufhorchen ließ.

Hannah sagte darin:

»Das Blöde an dieser Anonymität des Hasses ist, dass ich tatsächlich misstrauischer geworden bin. Bei jeder neuen Person, die ich kennenlerne, frage ich mich, ob sie mich aushorchen will, um die Informationen über mich im Internet auszuposaunen. Wahrscheinlich fürchte ich mich am meisten davor, von meinem persönlichen Umfeld betrogen zu werden.«

Charlotte las die Zeilen mehrfach durch. Diese Aussage hätte sie von der starken Hannah nicht erwartet. Aber ob ihre größte Sorge am Ende wahr geworden war? Sie lehnte sich zurück und dachte nach. War der virtuelle Hass ins reale Leben übergesprungen? Falls dem so wäre, gäbe es sicherlich Spuren im Netz, die man nachverfolgen konnte.

Sie war nervös und wollte so gern diese Aussagen im Interview mit jemandem besprechen. Aber mit wem?

Sie betrachtete wieder die kleine Karte, die vor ihr lag.

Landeskriminalamt Hamburg, Daniel Zumsande, Oberkommissar, LKA 41, Dezernat für Tötungsdelikte, daniel.zumsande@landeskriminalamt-hamburg.de

Darunter standen seine Festnetz- und Handynummer. Charlotte schaute auf die Uhr, es war kurz vor 17 Uhr. Es war noch Bürozeit. Aber war das wirklich eine gute Idee?

Sie versuchte sich abzulenken, indem sie Twitter aufrief. Sie scrollte durch die Kurznachrichten, aber sie verschwammen vor ihren Augen.

Auf einmal stockte sie, sie sah einen Tweet einer Redakteurin von

Gloria. Sie folgte ihr schon länger auf Twitter, weil sie ihre scharfsinnige Art mochte.

»Ein Tag, der alles ändert. #HannahKlarenheim«.

Jetzt war es also raus. Hannah Klarenheim hatte einen Hashtag und der Mordfall somit seine Social-Media-Geburt.

Charlotte wurde nervös, die Ereignisse nahmen ihren Lauf. Sie nahm den Hörer ihres Telefons in die Hand und wählte die Handynummer von Daniel Zumsande. Sie hörte, dass es läutete, und wartete. Aber nichts geschah. Gerade als sie auflegen wollte, ging er ran. Ihr Kopf drehte sich.

»Daniel Zumsande.«

»Ja, hallo, hier ist Charlotte Schmidt. Von gestern Abend. Sie haben mich nach Hause gebracht.«

Es war kurz still. »Ja, genau ... Warten Sie mal kurz.« Er hörte sich verschlafen an. Hatte sie ihn etwa geweckt?

»Ich hoffe, ich störe Sie nicht.«

»Kein Problem. Ich habe nur ein paar Stunden geschlafen. Aber ich werde wieder wach. Wie geht es Ihnen?«

Charlotte wickelte die Schnur des Telefons mit ihren Fingern ein, als wollte sie sie erwürgen. »Ich bin auch müde.«

»Das kann ich mir vorstellen. Ist Ihnen noch etwas eingefallen?«

Ihr wurde klar, dass er nicht nett plaudern, sondern zur Sache kommen wollte.

»Ja, mir ist etwas in den Sinn gekommen. Können wir uns noch einmal treffen?«

»Sicherlich, gern. Geben Sie mir doch einen Hinweis, worum es geht.«

Sie stockte.

»Ich habe in einem Interview gelesen, dass sich Hannah Klarenheim davor gefürchtet hat, dass sie von ihrem persönlichen Umfeld betrogen werden könnte.«

Sie hielt den Atmen an und erwartete eine sensationelle Reaktion.

»Hat sie in dem Interview konkrete Namen genannt?«

»Nein, das nicht ...«

»Gut, das ist erst einmal recht allgemein. Aber danke für den Hinweis. Können Sie mir einen Scan oder Link per E-Mail zuschicken? Ich melde mich dann wieder bei Ihnen.«

Verlor sie ihn wieder? Das ging ihr alles viel zu schnell.

»Ja, das mache ich. Aber ich habe noch viel mehr Interviews gelesen. Bestimmt entdecke ich auch mehr.«

Am anderen Ende wurde es still.

»Ihre Unterstützung ist viel wert. Melden Sie sich gern. Vielen Dank!«

»Ja, in Ordnung. Bis dann!«

Er hatte aufgelegt.

Sie hielt den Hörer weiter in der Hand und starrte darauf. Es war ihre Aufgabe, Hannah zu Gerechtigkeit zu verhelfen, hatte Eugen gesagt. Sie atmete tief ein und wusste, dass dieser Weg steinig werden würde.

Kapitel 4

Daniel saß am Rand der vier Stuhlreihen und schaute die Kollegen an. Er kannte fast niemanden. Alle machten fleißig Notizen über das, was ihr Chef und Koordinator Christoph an die Wand warf. Dieser Mordfall war keine Routine, sie hatten auch neununddreißig Stunden nach der Tat wenig Anhaltspunkte, wer Hannah Klarenheim umgebracht hatte. Er rieb sich die Augen, es war sieben Uhr morgens und er war müde. Aber er musste aufpassen.

»Zusammenfassend kann man also sagen, dass wir weiterhin davon ausgehen können, dass als Täter ein Shitstormer wahrscheinlich ist. Das persönliche Umfeld von Hannah Klarenheim ist unauffällig. Zu den Ermittlungen im Internet wird euch Ben Marisch gleich berichten.«

Daniel schaute hoch und sah den jungen Kollegen, der höchstens Mitte zwanzig war.

Christoph redete weiter. Er trug Anzug und Krawatte und wirkte darin trotzdem nicht seriös, sondern eher verkleidet. Diesen Aufzug hatte er sicherlich gewählt, weil er später die Pressekonferenz leiten musste.

»Zur Tatwaffe, mit der Hannah Klarenheim erstochen wurde. Die gründliche Durchsuchung vom Umkreis des Tatorts hat leider kein Ergebnis gebracht. Der Täter hat das Messer aus dem Block in der Küche des Opfers gezogen und danach mitgenommen. Der Verlobte von Hannah Klarenheim, Florian Köhler, hat ausgesagt, dass der Block vorher vollständig war. Also suchen wir weiter nach einem solchen Messer, es ist etwa fünfzehn Zentimeter lang.« Er änderte das Bild an der Wand.

Daniel schaute genau hin.

»Der Schriftzug über dem Bett wurde ebenfalls untersucht.« Christoph zeigte ein Foto, auf dem der Satz »Ich bin eine Hexe« auf einer Wand zu sehen war.

»Die Sprayfarbe im Schlafzimmer kann aus jedem normalen Drogerie- oder Bastelmarkt sein. An der Stelle kommen wir leider nicht weiter.« Er guckte sich um. »Wo ist denn Daniel?«

Er hob die Hand. »Ach, da an der Seite. Unser neuer Kollege Daniel Zumsande ist von NRW zu uns gewechselt und hat sich gleich in die Arbeit gestürzt. Seine Aufgabe ist es, das persönliche Umfeld des Opfers und den Tatort zu untersuchen. Leider gibt es keine brauchbare Videoüberwachung in der Nähe der Lindenallee 43. Zudem waren im Haus viele Mieter nicht anwesend, weil sie wegen der Skiferien verreist waren oder immer noch sind. Auch von den Passanten auf der Straße kamen fast keine Hinweise. Zwei Frauen haben ausgesagt, dass sie einen großen Mann im schwarzen Jogginganzug gesehen haben, der schnell weggelaufen sein soll. Dem gehen wir noch nach.«

Christoph klopfte auf sein Pult.

»Und jetzt übergebe ich an Ben Marisch.« Er trat zurück, sein junger Kollege wechselte den Laptop und spielte eine PowerPoint-Präsentation ab. Alle waren gespannt. Sie sahen einen kleinen Vorspann, in dem Bilder schnell hintereinander geschnitten waren. Das Ganze war mit Musik unterlegt. Ach verrückt, dachte Daniel, fast wie bei *CSI*. Er schaute sich um. An den Gesichtern seiner Kollegen merkte er, dass sie beeindruckt waren.

Ben Marisch wechselte auf die andere Seite des Laptops und machte eine große Handbewegung, um per Fernbedienung zum nächsten Teil seiner Präsentation zu kommen.

»Rund 800 Kommentare unter dem Artikel von Hannah Klarenheim, 1.500 unter den drei YouTube-Videos von Collin X, 5.800 auf der Facebook-Seite von *Gloria* und noch mal 1.300 auf der Facebook-

Seite von Collin X – das macht 9.400. 9.400 Shitstormer, die Hannah Klarenheim offen gehasst und somit auch ein mögliches Motiv haben. Hinzu kommen natürlich ihre Stammhasser. Also die Menschen, es sind hauptsächlich Männer, die Hannah permanent wegen ihrer Arbeit angefeindet haben.«

Daniel war fasziniert, dass sich Ben anscheinend eine richtige Dramaturgie ausgedacht hatte.

»Dank meiner Kontakte zu einigen YouTube-Stars und einem Keyword-Raster, das ich über die Kommentare gelegt habe, konnte ich fünfunddreißig Shitstormer ausmachen, die als besonders gewalttätig aufgefallen sind. Dazu habe ich einen neuen Algorithmus entwickelt.«

Er machte eine Pause. »Leider haben wir nur von acht die wirkliche Identität. Die anderen haben Usernamen, die ich noch nicht knacken konnte.«

Eine Weltkarte flog auf die Wand, und kleine Stecker setzten sich auf verschiedene Länder.

»Drei von den acht Personen, die identifiziert wurden, leben in den USA. Einer in Uruguay und vier in Deutschland. Zwei in der Nähe von München, einer in Hildesheim und einer in Hamburg.«

Ein Raunen ging durch die Reihen.

»Alle vier mit Wohnort in Deutschland werden heute verhört. Die Personen aus dem Ausland vernachlässige ich zurzeit. Es laufen die Amtshilfe-Anfragen, ob sie sich außerhalb des Landes befinden. Solange wir das nicht haben, konzentrieren wir uns auf die Deutschen. Da die Schrift im Schlafzimmer Deutsch ist, ist es sowieso wahrscheinlich, dass der Täter ein Deutscher ist.«

»Ist das nicht logisch? Collin X kann ja nur deutsche Fans haben. Er redet doch auf Deutsch«, warf eine Kollegin ein.

Ben Marisch streckte seinen Arm in ihre Richtung aus und wieder zurück. »Nein, das stimmt nicht. Er produziert seine Videos inzwischen zweisprachig und hat rund fünfzigtausend Fans im Ausland.«

Der Kollege neben ihr meldete sich ebenfalls. »Was ist eigentlich mit dem? Was sagt der zu der Sache?«

Ben Marisch spulte seine Präsentation vor. »Ich kann das auch kurz vorwegnehmen. Collin X, der in Wirklichkeit Valentin von Schlaunberg heißt, hat die drei Videos offline genommen, in denen er gegen Hannah Klarenheim hetzt. Das war, nachdem ihn die Kollegen aus Kassel befragt haben. Er hat aber für die Tatzeit ein Alibi, weil er mit vier Freunden ein weiteres Video gedreht hat. Inzwischen redet er nur noch über seinen Manager und seinen Anwalt mit der Polizei.«

Daniel lehnte sich nach vorn. »Wie identifizieren wir die User, die noch unbekannt sind?« Er musste es fragen.

»Von vielen habe ich nur die hinterlegte Mail-Adresse, die man angeben muss, wenn man einen Kommentar auf der *Gloria*-Website schreiben will. Die ist von außen nicht sichtbar, aber die *Gloria*-Redaktion hat alle per Beschluss zur Verfügung gestellt. Bei YouTube braucht man ein Userprofil bei *Google+*, um kommentieren zu können. Da habe ich zum Glück auch die Infos bekommen, weil ich einen guten Kontakt bei Google Deutschland habe, sonst hätte das Wochen gedauert. Wenn es überhaupt geklappt hätte. Also bei den betreffenden Leuten läuft die Anfrage an die E-Mail-Provider, wer genau dahintersteckt. Außer bei den Leuten, die ihren echten Namen schon in der E-Mail oder bei Google+ benutzen. Dann gibt es noch die Facebook-Profile. Einige benutzen nicht ihren Klarnamen, da ging ebenfalls die Anfrage an Facebook in den USA raus.«

»Die E-Mail-Adressen können auch alle Fakes sein.«

Ben ließ sich nicht aus der Ruhe bringen. »Ja, natürlich. Aber es ist die Methode, die uns zur Verfügung steht. Natürlich können sich die Leute Mail-Adressen ausgedacht haben, die Website von *Gloria* hat sich die nicht verifizieren lassen. Auch Facebook-Profile kann man komplett anonym anlegen, wenn man etwas geschickt ist. Da richtet man sich zur Verifizierung seines Namens einen temporären Mail-Account ein, beispielsweise unter trashmail.com, der sich nach einiger Zeit wieder auflöst. In dem Fall müssten wir eine Hellseherin engagieren, die uns die Identität der User verrät.«

Ein Lachen ging durch den Raum.

Ben Marisch guckte Daniel an. »Aber du hast recht. Die Mail-Adressen allein reichen nicht. Deshalb sind besonders die IP-Adressen wichtig, die immer mitgespeichert werden. Weil bei den Kommentaren die genaue Zeit erfasst wird, ist es möglich, bei den Providern die Kundendaten abzufragen. Allerdings werden viele Nutzer immer geschickter, und wenn wir Pech haben, gehören unsere Verdächtigen dazu. Die verschleiern ihre IP-Adresse, indem sie ihre Zugriffe über Proxy-Server leiten. Und das auch noch über verschiedene Kontinente. Die IP-Adresse kriegt dann keiner mehr raus.«

Daniel musste zugeben, dass Ben ziemlich gut Bescheid wusste. Er war nicht schlecht.

»Können wir nicht auch die Funkmasten überprüfen, um zu checken, wer in der Tatzeit bei dem Haus eingeloggt war?« Die Miene von Ben Marisch hellte sich noch mehr auf.

»Das ist sogar schon passiert. Wir gehen als Tatzeit von sechzehn bis siebzehn Uhr aus. Der Funkmast, der dem Tatort am nächsten steht, ist in der Nähe der Fruchtallee, also nicht weit entfernt. Trotzdem gab es in der Stunde rund sechzigtausend Mobilfunkbewegungen. Wir brauchen also erst einmal die Handynummern der Tatverdächtigen. Aber selbst wenn die nicht dabei sind: ein gewaltbereiter Shitstormer ist vielleicht so clever und schaltet sein Smartphone ab. Oder benutzt ein Prepaid-Handy.«

Die junge Kollegin schaute ihn bewundernd an und schrieb alles mit. Es kamen keine weiteren Fragen, und die Runde löste sich auf. Daniel sah, wie Christoph Ben anerkennend auf den Arm klopfte.

Er atmete durch – er musste seinen Chef unbedingt heute Vormittag sprechen. Aber nicht jetzt.

Er ging zurück in sein Büro und schloss die Tür. Er zog seinen Drehstuhl zu sich, setzte sich hinter seinen Schreibtisch und schaute sich an, was er zu tun hatte. Zeugenbefragungen.

Er blätterte durch die Aussagen der Kolleginnen von Hannah Klarenheim. Ihre letzte Arbeitsrecherche war interessant gewesen. Ein paar

Studentinnen der Hochschule für Finanzen in Hamburg hatten sich bei ihr gemeldet und von einem Dozenten berichtet, der frauenfeindlich auftrat. Hannah Klarenheim hatte diesen Mann interviewt und wollte daraus wohl eine größere Geschichte machen. »Misogynie an Hochschulen« hatten die Kolleginnen gesagt. Dem Herrn musste Daniel unbedingt einmal einen Besuch abstatten.

Er machte sich handschriftlich Notizen und legte danach den Stapel Papier wieder weg. In diesem Moment fiel die Zeugenaussage von Charlotte Schmidt auf den Boden. Er hob sie auf und betrachtete die Sätze. Er brauchte sie nicht zu lesen, er wusste noch genau, was drinstand. Sofort konnte er sich ihre Stimme und ihr Gesicht vorstellen. Sie hatte krasse Augen, hellgrün, ohne einen Fleck.

Seine Nase juckte. Aber sie half ihm auch nicht. Ihr Anruf gestern hatte ihn irritiert. Entweder war sie überengagiert, oder sie wollte ihn als Polizisten aushorchen. Er zog die Schublade seines Rollcontainers auf und legte ihre Zeugenaussage rein. Mit einem lauten Krach schloss er sie wieder.

Es klopfte an seiner Tür. Er rief: »Ja«, und sah, wie Christoph seinen Kopf vorsichtig ins Zimmer schob. »Telefonierst du?«

»Nein, gerade nicht.«

»Wieso hast du dann die Tür geschlossen?«

Ihm fiel nichts ein. »Ich wollte gleich telefonieren.«

»Okay.« Christoph setzte sich auf den Stuhl vor seinem Schreibtisch. »Ich wollte dich fragen, wie du zurechtkommst. Du bist ja noch neu im Team und kennst die anderen kaum.«

Daniel setzte sich kerzengerade hin. »Mach dir keine Gedanken. Wir lösen jetzt erst einmal den Fall, danach ist noch genug Zeit, alle kennenzulernen.«

»Da hast du recht. Wie ist dein aktueller Stand?«

»Ich fahre gleich zu einem Dozenten der Fachhochschule für Finanzen, der sich sehr frauenfeindlich gebärden soll. Ihn hat Hannah Klarenheim als Letztes interviewt.«

»Sehr gut, mach das.«

Daniel musste noch etwas sagen.

»Ich weiß die Arbeit von Ben wirklich zu schätzen, aber meinst du nicht auch, wir sollten uns nicht nur auf die Shitstormer konzentrieren?«

Christophs Augen wirkten müde.

»Natürlich, deshalb ist deine Aufgabe so wichtig. Du behältst alles in ihrem realen Umfeld im Auge.«

»Mein Eindruck ist nur, dass dies nicht hoch genug priorisiert wird.«

Sein Chef stockte.

»Die Oberstaatsanwältin hält gerade viel von Bens Arbeit. Was soll ich sagen? Wir stehen hier extrem unter Druck. Gestern haben sich nach fünf Uhr neunundzwanzig Medien für die Pressekonferenz angemeldet. Und um sieben Uhr abends ruft mich die Oberstaatsanwältin an, weil das Büro von Mechtild Klug sich bei ihr gemeldet hat. Wir müssen also heute ins Rathaus und der Bürgermeisterin eine Strategie präsentieren, die uns schnell zum Täter bringt. Nach dem G20-Gipfel soll die Hamburger Polizei einmal bestmöglich dastehen.«

Daniel stützte sein Gesicht auf seine Hände und zog sich wieder hoch. »Das verstehe ich natürlich. Ich finde nur, dass die Strategie von Ben Marisch zu kurz greifen könnte. Die Shitstormer um diesen Collin X sind doch nicht zu vergleichen mit Nazis oder Rockergangs vom Kiez. Das sind häufig Teenager, die im Netz das Maul aufreißen und abends mit Mama und Papa Brötchen essen. Die wollen cool sein und blasen sich auf. Da schreit der erste ›blöde Kuh‹, der nächste sagt ›Schlampe‹ und der dritte ›Hexe‹. Die haben kein Motiv, um einen Mord zu begehen.«

»Aber das wissen wir nicht. Vielleicht ist doch einer unter ihnen ausgeflippt.«

»Na klar, das kann sein. Aber bei meinen Fällen in Düsseldorf gab es immer einen persönlichen Bezug. Mörder und Täter haben sich gekannt. In Hamburg ist es doch nicht anders.«

»Ja, aber zu neunzig Prozent ist dies nach den ersten Befragungen der Zeugen auch offensichtlich. Wenn etwas im persönlichen Umfeld krumm ist, plaudert jemand darüber. Hier scheint alles stabil gewesen zu sein.«

Daniel hielt inne. »Dann muss man tiefer schauen. Das war kein Mord, sondern Totschlag ohne Vorsatz, sonst hätte der Täter nicht das Küchenmesser von Hannah Klarenheim benutzt.«

»Ich kann mich nur wiederholen, Daniel. Du bist ein guter Ermittler, das hat dein letzter Vorgesetzter deutlich gesagt. Deshalb gehst du den persönlichen Hinweisen nach. Aber Bens Ansatz ist neu und kann eine gute Fährte sein. Ich bin wirklich froh, dass wir ihn haben. Das LKA 54 kümmert sich hauptsächlich um Internetbetrug, Ben kennt sich aber mit Social Media bestens aus und hat vor allem die Kontakte.«

Daniel strich mit seinem Finger die Kante seines Schreibtisches entlang. »Ja, ich weiß, er ist gut. Wir ermitteln einfach parallel.«

»Ganz genau.« Christoph stand auf und rückte den Stuhl zurecht.

»Willst du gleich mit auf die PK kommen?«

»Nein, ich mache hier weiter.«

»Ist recht.«

Daniel blieb zurück und dachte nach. Dann schüttelte er den Kopf und fand, dass er unbedingt Kaffee brauchte. Er stand auf und ging zur kleinen Küche auf dem Flur. Vor dem Kaffeeautomaten wartete Ben Marisch auf seinen Espresso. Sein Pulli hatte einen riesigen V-Ausschnitt und seine Jeansbeine steckten in den Boots fest.

»Ach, hallo, Daniel! Ich bin hier gleich fertig. Kannst sofort an die Maschine.«

Daniel versuchte zu lächeln, lehnte sich an die Küchenzeile und verschränkte die Arme vor der Brust.

Ben war ganz hibbelig. »Ich brauche Koffein, ich habe die letzten zwei Tage kaum geschlafen. Die Oberstaatsanwältin ist aber richtig begeistert.«

Er nahm sich Zucker und schüttete etwas in den Kaffee.

»Ja, du machst das gut. Ich würde nur eine Beziehungstat immer noch nicht ausschließen.«

Ben drehte sich zu ihm um und guckte kurz irritiert. »Klar, alles ist möglich.« Er nippte an seinem Getränk, und Daniel holte eine Tasse aus dem Schrank.

Keiner sagte etwas, bis Ben die Stille durchbrach. »Warum bist du eigentlich aus Düsseldorf weg? Du hattest doch keinen blutigen Scheidungskrieg, oder?« Er grinste.

Daniel lächelte jetzt auch zurück. »Doch, gut erkannt. Meine Ex-Frau und meine Geliebte sind mit dem Messer aufeinander losgegangen. Das Übliche eben. Du kennst das ja.«

Ben grinste noch breiter.

Daniel startete die Kaffeemaschine. »Nein, ich bin schon seit ein paar Monaten Single. Nichts Spektakuläres. Einfach Luftveränderung.«

»Komm doch mal mit, wenn wir auf dem Kiez feiern.« Ben war wieder ganz entspannt.

»Sicher, mach ich gern.«

Ben ging weg, und Daniel kehrte kurz darauf mit seinem Kaffee an seinen Schreibtisch zurück. Er hätte am Grab seiner Mutter schwören können, dass sie den Mörder nach Bens System nicht finden würden. Wer mordet, hasst jemanden, den er persönlich kennt. Keine fremde Frau aus dem Internet. Aber bis jetzt hatte er überhaupt keine Beweise. Wie hatte Charlotte Schmidt gesagt? Hannah Klarenheim habe Angst davor gehabt, von ihrem persönlichen Umfeld betrogen zu werden. Vielleicht war diese Befürchtung ja Wirklichkeit geworden. Er würde nun richtig graben.

Kapitel 5

Dieses Bild war merkwürdig. Es zeigte eine antike Büste, aber sie war blau und rot eingefärbt. Caesar meets Pop-Art?

»Gefällt Ihnen der Aristoteles?«

Daniel drehte sich um.

Andreas Moser stand vor ihm. Er war genau die Sorte Dozent, die er sich vorgestellt hatte. Seine kurzen Haare standen an zwei Seiten ungekämmt ab, er trug einen braunen Wollpullover mit V-Ausschnitt, darunter ein Hemd sowie eine weite Stoffhose.

»Wegen Aristoteles bin ich heute nicht hier. Ich wollte mit Ihnen über Hannah Klarenheim sprechen.«

Kein Zucken, keine Miene. Daniel beobachtete ihn, aber er ließ sich nichts anmerken. Mit einer Hand deutete Moser auf den Besucherstuhl. Er war ein Designerstück, aber Daniel hatte leider den Namen vergessen.

»Nehmen Sie doch Platz! Möchten Sie einen Kaffee?«

»Nein, danke. Ich würde gern schnell zur Sache kommen.«

Andreas Moser setzte sich auf einen übergroßen Bürostuhl aus Leder.

»Ehrlich gesagt, habe ich das mit Hannah Klarenheim schon bei Twitter gelesen. Grauenhaft, wirklich schlimm.«

Daniel ließ ihn nicht aus den Augen.

»Haben Sie Hannah Klarenheim geschätzt?«

Andreas Moser zischte leicht durch seine Zähne.

»Das kann man nicht gerade sagen, aber ermordet habe ich sie bestimmt nicht.«

»Frau Klarenheim hat Sie vergangene Woche interviewt. Sie waren ihre letzte Recherche.«

»Bin ich deshalb etwa verdächtig?«

Er bewegte sich nicht, aber Daniel spürte, dass er sich langsam aufregte.

»Wir überprüfen das gesamte Umfeld und ihre Arbeit. Worum ging es in dem Interview?«

»Frau Klarenheim hat mich zu meiner Einstellung gegenüber Frauen befragt und wie ich die in meine Arbeit einfließen lasse.«

»Und: Wie ist Ihre Einstellung?«

Jetzt lehnte Andreas Moser sich zurück und verschränkte die Arme. »Meine Einstellung tut hier nichts zur Sache. Ich behandle alle Studenten gleich.«

»Aber es haben sich Studentinnen bei Hannah Klarenheim gemeldet und berichtet, dass sie besonders frauenfeindlich auftreten.«

Seine Augen wurden schmaler.

»Ja, das hat sie auch erzählt. Ich kann mir sogar vorstellen, wer das war. Die Studentinnen waren vorher schon bei der Hochschulleitung, aber wahrscheinlich sind sie dort nicht weitergekommen. Wer heute schlechte Leistung abliefert, aber das Glück hat, eine Frau zu sein, kann sich einfach auf *MeToo* oder irgendeine andere feministische Erfindung berufen und schnell mal den Dozenten anschwärzen.«

Daniel sagte einen Augenblick nichts.

»Oder sie haben recht.«

Andreas Moser kniff die Lippen zusammen.

Daniel fragte weiter. »Haben Sie die Studentinnen sexuell belästigt?«

»Nein, ganz sicher nicht. Das hat auch keiner behauptet.«

Seine Stimme wurde langsam lauter.

»Aber Hannah Klarenheim hat Sie wegen ihres geplanten Artikels in Bedrängnis gebracht?«

»Ach was. Gegen so dumpfe Feministinnen kann ich mich wehren.«

»Wie wehren Sie sich denn?«

Er nahm die Arme runter und schaute Daniel fest an. »Mit Argumenten, einfach mit Argumenten. Das haben die nämlich nicht drauf. Mit diesen inszenierten Prozessen gegen Männer sprechen sich die Frauen selbst die Logik ab und trennen sich damit von der Vernunft und Intelligenz, was am Ende die größte Absurdität ist. Als Mann darf man heute gar nichts mehr sagen, keinen Witz machen. Nichts.«

Daniel hatte ihn langsam in die Ecke gedrängt.

»Haben Sie Angst vor den Folgen des Artikels gehabt? Was er für Ihre Karriere bedeutet hätte?«

Andreas Moser rieb sich mit Daumen und Zeigefinger über die Augen.

»Wenn die Feministinnen ein Bauernopfer brauchen, bitte, dann bin ich es. Aber Hannah Klarenheim hätte nichts aufgedeckt. Die Studentinnen haben schon auf einem Blog darüber geschrieben. Die Zerstörung hatte bereits begonnen.«

»Können Sie sich nicht vorstellen, dass Sie die Zerstörung selbst in Gang gesetzt haben mit Ihrem Verhalten?«

»Stehen Sie etwa auch auf der Seite der Feministinnen?« Andreas Moser starrte ihn nun zornig an.

»Ich gehöre zu gar keiner Seite. Ich bin Polizist. Wo waren Sie am Dienstag zwischen sechzehn und siebzehn Uhr?«

Er verschränkte die Arme wieder. »Hier in der Hochschule.«

»Gibt es dafür Zeugen?«

»Ja, ungefähr hundertfünfzig. Sie können alle Studenten der Vorlesung für Steuerrecht sehr gern befragen.«

Daniel blieb ruhig, aber innerlich strich er ihn von der Liste der dringenden Tatverdächtigen. Aber – er würde ihn im Auge behalten.

Daniel setzte sich wieder ins Auto und drückte auf sein Navi, Ziel LKA. Dann stoppte er. Er brauchte dringend eine neue Inspiration, eine Idee, wie er weitermachen sollte. An den letzten beiden Tagen hatte er schon so viele Zeugen gesprochen: Freunde, Kolleginnen von Hannah Klarenheim und nun auch Andreas Moser. Aber er kam nicht weiter.

Nach kurzem Zögern gab er »Lindenallee 43« ein und klickte auf »Start«. In der Wohnung von Hannah Klarenheim wäre er ganz nah dran an ihrem Leben.

Als er ankam, sah er, dass jemand bereits Blumen und eine Kerze vor das Haus gestellt hatte. Er schaute alles nur kurz an, holte einen Dietrich aus seiner Jacke und schloss auf.

»Hallo! Sind Sie nicht Daniel Zumsande?«

Er sah sich um.

»Hier bin ich.«

Er drehte sich in die andere Richtung.

»Kennen Sie mich noch? Charlotte Schmidt.«

Die Frau mit den grünen Augen.

Er war verdutzt. »Was machen Sie denn hier?«

Sie wirkte ganz unverkrampft. »Ich dachte, ich lasse die Umgebung noch einmal auf mich wirken.«

»Warum?«

»Ich habe doch Hannah gefunden, und jetzt will ich an dem Fall dranbleiben und darüber schreiben. Das bin ich ihr als Journalistin schuldig.«

»Die Ermittlungen sind Aufgabe der Polizei.«

Das Lächeln verschwand aus ihrem Gesicht. »Natürlich weiß ich das. Aber ich mache auch meinen Job. Ich habe schon vor dem Mord viel über Hannah recherchiert.«

»Warum gehen Sie dann nicht nach Hause und schreiben das alles auf?«

»Es ist nicht verboten, hier zu stehen.«

Diese Frau war wirklich überengagiert. Daniel wandte sich wieder ab.

»Auf der Pressekonferenz haben Ihre Kollegen gesagt, dass es kein vorsätzlicher Mord war. Glauben Sie daran, dass es ein Shitstormer aus dem Umfeld von Collin X war?« Sie stand direkt hinter ihm.

Daniel seufzte. »Hören Sie, wenn Sie Informationen brauchen, müssen Sie sich an die Pressestelle des LKA wenden.«

»Ich glaube das ja nicht. Virtueller Hass reicht nicht als Mordmotiv. Bestimmt haben sich Hannah und der Mörder gekannt.«

Daniel drehte sich um. »Darüber gibt die Polizei bestimmt bald Auskunft.«

»Was ist denn Ihre Aufgabe bei den Ermittlungen?«

»Ich soll neugierige Journalistinnen vom Fall fernhalten.«

Sie lächelte wieder. »Sie haben mich schon befragt. Kümmern Sie sich um Zeugen?«

»Ja, ich befrage Zeuginnen wie Sie beispielsweise.«

»Wieso wollen Sie mich dann loswerden?«

»Weil Sie mich aushorchen wollen.«

»Das tue ich nicht. Ich könnte Ihnen helfen.«

»Womit?«

»Mit dem, was ich schon weiß. Ich kenne jeden Artikel und jedes Interview mit Hannah Klarenheim. Auch wenn sie den Mörder bestimmt gekannt hat, er hat sicherlich auch Spuren im Internet hinterlassen.«

»Wie kommen Sie denn darauf?«

»Weil wir alle zwei Leben haben, ein reales und eines im Internet. Aber beide sind miteinander verwoben. Alles, was wir im Netz tun, jede Bestellung, jeder Artikel, den wir lesen, jeder Like wird ein Teil unserer virtuellen Identität. Wenn jemand Hannah gehasst hat und die Wut so groß war, dass er sie sogar im Affekt umgebracht hat, gibt es hundertprozentig auch Hinweise im Internet. Da bin ich mir sicher.«

Er schaute sie an. »Also war es ihrer Meinung nach ein Shitstormer.«

»Nein, Feuerhunde töten in der Regel nicht.«

»Feuerhunde?«

»Einer platziert die Hexe auf dem virtuellen Scheiterhaufen und wirft einen Stock obendrauf. Die Hunde rennen dann blind zum Feuer und bellen. Aber sie beißen nicht.«

»Ach so.«

Sie hörte einfach nicht auf. »Betroffene haben berichtet, dass sie wenig Eins-zu-eins-Kontakt zu Shitstormer hatten, beispielsweise durch E-Mails oder Gespräche, aber öffentlich massiv angegriffen wurden. Das nennt man auch den ›Online Disinhibition Effect‹. Damit ist eine stärkere Enthemmung von Aggression im Internet gemeint, die im wahren Leben wahrscheinlich nicht stattfinden würde. Der Feind soll demnach nicht wirklich sterben, sondern psychisch am Ende sein und bereuen, was er der Gruppe angetan hat, was im Internet am besten deutlich wird. Dieser Täter hat Hannah aber wirklich umgebracht, also hatte er einen ganz persönlichen Hass auf sie. Er muss sie gekannt haben.«

»Was ist dann Ihre Theorie?«

Charlotte dachte nach. »Irgendjemand, der Hannah Klarenheim zutiefst verabscheut hat, könnte den Hass im Internet genutzt haben, um sie in ihrer Wohnung zu erschrecken. Sie haben ja gesagt, dass Schmierereien an der Wand waren. Dabei könnte Hannah den Täter erwischt haben, und es kam zu einer Auseinandersetzung. Oder ...«

»Oder?«

»Oder jemand hat sie zuerst nur virtuell gehasst und sie dann tatsächlich kennengelernt. Sein Hass hat sich weiter gesteigert, und er könnte die ganze Szene um die Affekttat inszeniert haben.«

»Spekulieren können Sie.«

»Was meinen Sie denn?«

Er schaute sie fest an. »Ich verrate Ihnen nichts.«

Charlotte schaute ihn genauso ernst an. »Das müssen Sie auch nicht. Im Gegenteil, Sie profitieren einfach davon, was ich Ihnen verrate.«

»Warum wollen Sie das unbedingt tun?«

Ihr Blick wurde weich, und sie schaute auf den Boden, bevor sie ihren Kopf wieder hob. »Weil ich etwas bewegen möchte. Hannah hat mit ihren Artikeln so viel Ärger von Hatern bekommen, aber sie hat etwas geändert und öffentlich Druck aufgebaut. Ich möchte auch etwas verändern, und mit Ihnen hat das mehr Einfluss. Dieser Tod soll nicht nur als Sensationsnachricht in den Medien enden.«

Er sagte lange nichts. Dann zückte er einen Notizblock. »Ich notiere mir nur, was alles aus Ihrem Gehirn strömt. Mehr nicht, verstanden?«

Sie nickte und strahlte.

»Ich rufe Sie dann an. Bis dann!« Er drehte sich um und schob die Tür auf.

»Wollten Sie nicht gerade hoch in Hannahs Wohnung?«

Er blieb stehen und grummelte. »Ja, allein.«

»Ich kann doch mitkommen. Das kann ja für Sie kein Problem sein. Den Tatort kenne ich schließlich. Vielleicht fällt mir noch etwas auf.«

Er schüttelte nur den Kopf und murmelte. »Warum mache ich das?«

»Was haben Sie gesagt?«

»Kommen Sie mit hoch. Aber fassen Sie dort nichts an. Und danach fahren wir zum LKA und protokollieren alles.«

»Wird gemacht, Herr Kommissar.«

»Oberkommissar.«

»Verstehe.«

Kapitel 6

Daniel betrat den Flur. Charlotte folgte ihm auf den Fersen. Alles roch noch genauso wie vor zwei Tagen. Sie gingen nach oben und standen vor der Wohnungstür. Für ihn schien das alles Routine zu sein, er schnitt das Polizeisiegel durch und öffnete die Tür. Dann reichte er ihr einen weißen Überzug, Handschuhe und blaue Plastikbeutel für die Schuhe.

»Müssen wir das anziehen?« fragte sie.

»Der Tatort ist noch nicht freigegeben. Lassen Sie uns lieber vorsichtig sein.«

Er war viel schneller beim Überziehen als sie und lief in die Wohnung. Sie hatte Mühe, ihr Kleid in den dusseligen Anzug zu quetschen und schloss die Tür von innen. Was würde in der Küche auf sie warten? Sie atmete tief durch.

Daniel kam zurück und blieb vor ihr stehen. »Das sitzt noch nicht richtig.«

»Was denn?«

Er guckte skeptisch und versuchte mit seinen Fingern, die inzwischen in Plastikhandschuhen steckten, eine ihrer Haarsträhnen unter ihren Anzug zu streichen.

»Entschuldigung«, sagte sie.

Er war immer noch nicht zufrieden. Er drückte alle Haare weg und strich an ihrer Stirn und ihren Schläfen entlang.

»So, jetzt passt es.«

Er setzte ein paar Schritte vor und war in der Küche verschwunden.

Als sie auf der Schwelle stand und den eingetrockneten Blutfleck auf dem Boden sah, blieb sie stehen. Kurz schloss sie die Augen.

»Werden die Umrisse der Leiche gar nicht mehr nachgemalt?«

Er guckte runter. »Das mit der Kreide? Nein, das machen wir nicht. Die Auffindesituation wurde ja ausreichend fotografiert.«

»Die Auffindesituation? Das klingt aber sachlich.«

»Wenn wir nicht sachlich wären, könnten wir unseren Job nicht machen.«

Charlotte drehte sich um und betrachtete die Einrichtung im Flur genauer. Sie stellte sich an das große Sideboard mit den vielen Schubladen und berührte eine Schale mit Schlüsseln. Daneben hing eine Garderobe mit einigen Jacken, Mänteln, Mützen und Schals. Sie strich einmal quer darüber und versuchte sich vorzustellen, wie Hannah Klarenheim sie getragen hatte.

Ihre Hand blieb auf einmal an einem schwarz-grün karierten Wollmantel hängen. Er war versteckt hinter den anderen Klamotten, und sie hatte nur einen Zipfel des Ärmels in der Hand. Irgendetwas war damit. Sie öffnete die Seiten und fand nichts. Aber doch, da unten in der Tasche steckte etwas.

»Ich habe doch gesagt, dass Sie nichts anfassen sollen!«

Sie ließ die Jacke ruckartig los. Daniel war im Flur aufgetaucht.

»Tut mir leid, kommt nicht mehr vor.«

Er ging ins Schlafzimmer, und sie folgte ihm einfach.

Der Raum war schlicht eingerichtet. Ein weißes Bett mit heller Bettwäsche stand in der Mitte, an den Seiten zwei weiße Kommoden, ein großer Bauernschrank und ein Hocker. In dieser Unschuld stach der rote Schriftzug an der Wand umso deutlicher raus.

»Ich bin eine Hexe«, las Charlotte laut vor. Sie setzte sich auf den Hocker, der ebenfalls weiß überzogen war. »Weißt du, was komisch ist?«

Er guckte sie auf einmal ernst an.

Charlotte begriff. »Das tut mir leid, ich habe Sie geduzt.«

Daniel war einen Moment ruhig. »Nein, in Ordnung. Wir können uns gerne duzen. Aber wenn wir jemanden treffen, wäre es besser, wenn wir uns wieder siezen. Ansonsten könnte es merkwürdig wirken.«

»In Ordnung. Alles klar. Das verstehe ich.«

»Was wolltest du eben sagen?«

»Richtig«, sagte Charlotte. »Wieso schreibt der Täter eigentlich ›Ich‹?«

»Was meinst du?«

»Na, wenn er sie beleidigen will, wäre es doch logischer ›Du bist eine Hexe‹ zu schreiben.«

Er verschränkte die Arme. »Das ist eine gute Frage.«

Sie musste in dem Moment an die Kommentare vom Shitstorm denken.

»Wusstest du, dass es nach dem Shitstorm falsche Profile auf Facebook unter dem Namen von Hannah Klarenheim gab? Und es sind auch einige Kommentare unter dem Artikel, die so tun, als hätte sie Hannah Klarenheim selbst geschrieben.«

»Interessant.« Er wirkte nicht so begeistert.

»Ich könnte doch mal schauen, ob es Kommentare unter dem Namen von Hannah Klarenheim gibt, die etwas über Hexen sagen. Vielleicht hat sich der Täter auch im Netz in Ich-Perspektive beteiligt.«

»Aber erst fahren wir zum LKA und protokollieren unseren Besuch hier.«

»Gut, davor können wir kurz bei mir anhalten, und ich prüfe das rasch auf meinem Rechner.«

Er drehte sich zu ihr um und schaute böse.

»Wenn ich etwas rausfinde, muss ich ansonsten noch einmal kommen und alles wieder aussagen.«

Er rieb sich die Nase und ging zum Flur zurück.

Den Geräuschen nach zu urteilen, war er gerade dabei, seinen Anzug auszuziehen.

Charlotte stand auf und ging bewusst langsam.

»Kommst du jetzt?« Er stand schon im Hausflur.

»Ich bin mit dem Fahrrad …« Weiter kam sie nicht. Daniel legte seine volle Hand über ihren Mund. Sie wollte protestieren, aber dann hörte sie zwei männliche Stimmen von unten. Daniel blieb wie angewurzelt stehen und lauschte.

Die Männer mussten gerade eine Wohnungstür von innen geöffnet haben.

»Ich verstehe es einfach nicht.«

Die Stimme des Mannes war brüchig, als wäre er den Tränen nahe. Der andere redete beruhigend auf ihn ein. Sie konnte nicht verstehen, was er sagte. Dieser doofe Anzug störte.

»Aber warum warst du nicht da? Jetzt bist du doch auch zu Hause.« Der weinende Mann wurde wieder lauter.

»Weil ich gerade weg war. Wie oft soll ich das noch sagen?«

Nun konnte sie auch den anderen hören.

»Wärst du hier gewesen, hättest du sie beschützen können. Dann wär das alles nicht passiert.«

»Warum warst du denn nicht hier?«

»Ich saß im Auto.«

»Hör auf, mir die Verantwortung in die Schuhe zu schieben!«

Der eine Mann schluchzte laut. Charlotte hob leicht den Arm, um Daniel zu bedeuten, dass er die Hand wegnehmen könnte. Aber diese kleine Geste reichte schon aus, um wieder zu rascheln. Die beiden Männer unten wurden stumm. Daniel guckte böse. Er ging einen Schritt zurück und zog wortlos seinen Überzug, die Handschuhe und den Schuhschutz aus. Dann schob er Charlotte zur Seite und schloss die Tür ab. Aus seiner Jacke zog er ein neues Siegel und klebte es über das alte. Er ging einfach die Treppe runter und ließ Charlotte, die noch immer in ihrem Anzug war, zurück.

»Ach, guten Tag, Herr Köhler! Und Sie sind Herr Luhm, nicht? Daniel Zumsande vom Landeskriminalamt. Wir führen gerade eine Tatort-Begehung durch.«

Charlotte hatte das Gefühl, etwas vermasselt zu haben. Sie zog ihren Anzug aus und sah erst jetzt, dass ihr Kleid darunter hochgerutscht war. Schnell strich sie es glatt.

Sie ging die Treppe hinunter, und alle drei Männer drehten sich gleichzeitig zu ihr um.

Der eine von ihnen wirkte sehr seriös und trug einen schlichten blauen Mantel und darunter einen gut sitzenden grauen Anzug. Was gar nicht dazu passte, waren seine verquollenen roten Augen. Er musste der Verlobte von Hannah Klarenheim sein, dachte Charlotte. Der andere Mann trug ein Kapuzenshirt, eine Jeans und bunte Turnschuhe. Er hatte einen Dreitagebart und wirkte wie ein Flummi, der jederzeit hochspringen könnte.

Daniel sah zu ihr rüber und stellte sie dem Mann im Anzug vor.

»Das ist Charlotte Schmidt. Sie ist die Journalistin, die ihre Verlobte gefunden hat. Wir haben gerade den Tatort besucht und die Auffindesituation nachgestellt.«

Na ja, so ähnlich, dachte Charlotte.

Die Augen des Verlobten füllten sich wieder mit Tränen, und er reichte ihr die Hand.

»Herzliches Beileid«, sagte sie zu ihm.

Seine Tränen liefen gleichzeitig über beide Wangen. Er ließ ihre Hand los und zog aus seiner Jackett-Innentasche ein Taschentuch.

Der Flummi-Mann war ebenfalls erstarrt. Dann schaute er in die Runde. »Möchten Sie alle vielleicht reinkommen? Das ist doch besser, als hier im Flur zu stehen.«

»Gute Idee«, sagte Charlotte.

Daniel guckte sie erst gar nicht an. Der Flummi-Mann sprang in seine Wohnung zurück.

»Entschuldigung, leider habe ich Ihren Namen nicht mitbekommen«, sprach Charlotte ihn direkt an.

»Ich bin Hauke Luhm. Ich wohne unter Hannah. Und das ist Florian Köhler. Ich arbeite frei für seine Bank. Er hat Hannah über mich kennengelernt.«

»Dann waren Sie hier der Liebesstifter.«

»Ja, ich helfe, wo ich kann.«

Er schaute sich nach den anderen um. Florian Köhler ließ sich in einen Sessel fallen. Daniel setzte sich in dessen Nähe und schien ihn zu beobachten.

Charlotte guckte sich um. Hauke Luhms Wohnung war schlicht, aber nett eingerichtet. Sie hatte dieselbe Raumaufteilung wie oben. Sie nahm auf einem türkisfarbenen Sofa Platz. Vor ihr war ein Couchtisch aus Plexiglas. An der Wand gegenüber stand ein großer Fernseher auf einem Siebzigerjahre Sideboard. An der Balkontür lehnte ein Rennrad.

Auf einmal entdeckte sie eine kleine Zeitung auf dem Couchtisch.

»Das ist ja die *na dann* aus Münster.«

»Richtig. Kennen Sie die?« Hauke Luhm schaute sie an.

»Natürlich. Ich komm aus Münster.«

»Wirklich? Ich auch. Fast zumindest, aus Hiltrup.«

»Meine Eltern wohnen in Wolbeck.«

»Und: Sind Sie auch gleich nach dem Abi weggegangen?«

»Nicht ganz. Ich habe sogar noch dort studiert.«

»Das habe ich mir nicht angetan. Aber ich mag Münster, irgendwie. Letzten Monat war ein Freund hier, der hat mal wieder die *na dann* mitgebracht.«

»Ja, ein Stück Heimat. Was machen Sie eigentlich beruflich, wenn Sie frei bei einer Bank arbeiten?«

»Ich bin Web-Berater.«

»Ach, dann lassen Sie mich raten: Ihre Eltern waren bestimmt begeistert.«

Er lächelte und rollte die Augen. »Richtig. Sie sind beide verbeamtet. Die wissen bis heute nicht, was genau ich eigentlich tue.«

Sie konnte so gut nachvollziehen, wie er sich fühlen musste. Ein freiberuflicher Berater fern der Heimat – wenn er ihr Bruder wäre, wäre ihre Mutter schon vor Jahren ins Koma gefallen.

Daniel klinkte sich jetzt auch ins Gespräch ein.

»Was bedeutet denn diese Figur im Regal?«

Hauke und Charlotte drehten sich beide gleichzeitig um. Im hohen Regal stand eine Skulptur aus Stein, die schon etwas grün angelaufen war. Sie zeigte eine Frau mit vielen Armen, die in jeder Hand ein Schwert hielt.

»Das ist die indische Göttin Kali. Sie ist eine kämpferische Frau, die sich nicht einschüchtern lässt. Mir hat die Skulptur sofort gefallen, als ich vor zwei Jahren in Indien war.«

Dann drehte Hauke sich wieder zu Charlotte. »Entschuldigen Sie, dass ich Sie frage. Aber waren Sie nicht schon mal hier?«

Sie war überrascht. »Ich verstehe nicht.«

»Ich dachte, ich hätte Sie hier in der Straße gesehen.«

»Ich habe Hannah Klarenheim gefunden.«

»Ja, ich weiß. Aber waren Sie nicht ein paar Tage vorher bereits bei ihr?«

»Nein ... Aber ich wünschte, es wäre so. Dann hätte sie an jenem Tag nicht auf mich gewartet, und alles wäre vielleicht anders gekommen.«

Hauke schaute sie mitleidig an.

»Niemand von uns hat Schuld daran.«

Florian Köhler schnäuzte sich laut. »Ich hätte mir nach dem scheiß Shitstorm einfach Urlaub nehmen und immer bei ihr bleiben sollen. Dann wäre es nicht passiert.«

Alle bis auf Daniel waren wieder betroffen. Er durchbrach die Stille.

»Haben Sie eigentlich in der Wohnung zusammengelebt? Offiziell sind Sie dort nicht gemeldet, sondern in Winterhude.«

»Nein, aber ich war die meiste Zeit dort. Meine Wohnung hat einen schlimmen Wasserschaden, deshalb kann ich schon seit drei Monaten nicht zu Hause schlafen.«

»Verstehe«, sagte Daniel.

Florian Köhler guckte Daniel an.

»Das war ein Glück. In der ersten Nacht nach dem Wasserschaden war Hauke so lieb und hat mich aufgenommen. Er war an dem Tag in der Bank, wissen Sie. Und nur deshalb bin ich ja Hannah über den Weg gelaufen.«

»Sie kannten sich erst drei Monate und waren schon verlobt?« fragte Charlotte lauter, als sie eigentlich wollte.

»Ja, ich weiß, das klingt verrückt. Aber bei uns ging das so schnell.«

In diesem Moment knurrte ihr Magen laut. Mist, sie hatte heute Mittag nichts gegessen.

Hauke hüpfte vom Sofa hoch. »Mein Gott, Sie haben ja Hunger.«

Charlotte war die Situation peinlich. »Ach, das macht nichts, ich esse später etwas.«

»Mögen Sie Nudeln mit Safransoße und Garnelen? Ich habe noch etwas auf dem Herd.«

»Nein, das kann ich doch nicht annehmen.«

»Natürlich. Ich hol Ihnen einen Teller.« Er schaute zu Daniel. »Möchten Sie auch?«

Doch der schüttelte nur den Kopf. Hauke Luhm flitzte in die Küche und war kurz darauf wieder zurück. Er trug ein Holztablett mit einem Teller und einer kleinen Vase drauf.

Charlotte war fasziniert. »Das sieht aber gut aus.«

Hauke Luhm setzte sich wieder. »Ich hoffe, es schmeckt Ihnen.«

Wenn sie so kochen könnte, würde sie jeden Abend glücklich einschlafen. Sie schaute zu Daniel hoch und sah, dass er sie anlächelte. Sie streckte ihm eine Gabel entgegen. »Möchtest du mal probieren? Das ist lecker.«

»Nein, danke.« Er drehte sich weg.

Auf einmal schlug Hauke Luhm mit seinen Händen auf seine Knie. »Sind Sie beide eigentlich ein Paar?«

Daniel schaute ihn so entsetzt an, als hätte er eine Pistole auf ihn gerichtet.

»Nein! Frau Schmidt ist eine Zeugin, mit der ich eine Tatort-Begehung durchgeführt habe. Wir kennen uns nicht!«

Hauke Luhm schob seine Hände langsam unter seine Oberschenkel. »Entschuldigen Sie! Ich wollte nicht indiskret sein.«

Daniel hatte sich wieder gefangen. »Nein, schon gut.«

Er schaute Charlotte an.

»Sind Sie fertig? Ich denke, wir müssen zurück ins LKA, um Ihre Zeugenaussage zu protokollieren.«

Charlotte stellte den Teller und das Tablett auf den Couchtisch. »Sie haben recht.«

Auch Florian Köhler sammelte sich. »Ich komm auch mit raus.«

Hauke guckte ihn an. »Du kannst hierbleiben, wenn du willst.«

»Nein, danke. Ich brauche Zeit für mich, ich gehe zurück in meine Wohnung, die ist seit ein paar Tagen wieder bewohnbar.«

Sie standen alle auf und gingen zurück zur Wohnungstür. Hauke Luhm verabschiedete sich sehr höflich, und Charlotte bedankte sich noch einmal für das Essen. Draußen vor dem Haus hatte es Florian Köhler plötzlich sehr eilig. Er sagte nur kurz Tschüss und war schon verschwunden.

Daniel und Charlotte waren allein. Sie hielten beide ihre Schutzanzüge in der Hand.

»Mein Auto steht eine Straße weiter.«

Sie streckte den Arm aus. »Ich nehme mein Fahrrad. Das muss ich sowieso hier abholen.«

Er grummelte. »Folgen Sie mir mal um die Ecke.«

Er war so schnell, dass sie ihm im Laufschritt hinterherhetzen musste.

Als sie außer Reichweite vom Haus waren, fuhr er sie an: »Was bitte sollte das mit der Gabel? Wir siezen uns, wenn Leute dabei sind. Hast du das vergessen?«

»Es tut mir leid.«

Er guckte kein bisschen entspannter. »Und warum musst du jetzt unbedingt mit dem Fahrrad fahren?«

»Weil ich es brauche und das hier eine gute Gelegenheit ist, um es abzuholen.«

»Willst du mit dem Fahrrad zum LKA fahren? Weißt du, wie weit das ist?«

»Ich muss erst nach Hause. Bis Eppendorf ist es nicht weit. Wir können doch bei mir die Hexen-Kommentare unter dem Artikel von Hannah Klarenheim scannen.«

»Okay, gut. Dann fahr ich schon mal vor und warte auf dich.«

Uff, und weg war er. Er ist anstrengend, dachte Charlotte.

Auf ihrem Heimweg ließ sie sich Zeit und radelte langsam, um ihre Gedanken zu sortieren.

Als sie nach fünfzehn Minuten angekommen war, schloss sie ihr Fahrrad am verschnörkelten, gusseisernen Gitter vor ihrem Haus ab und schaute hoch. Daniel stand dort mit saurer Miene. Sie nahm ihre Tasche aus dem Fahrradkorb und ging zu ihm.

Klick! Sie drehte sich um. Jemand hatte fotografiert. Das war doch das Geräusch einer Kamera gewesen. Charlotte blickte sich um. Aber sie konnte niemanden sehen. Die Straße war leer, sowohl ihre Seite als auch die gegenüberliegende. Selbst in den parkenden Autos saß niemand. Doch dann sah sie einen blauen Stoff durchblitzen, der an der Ecke eines Hauseingangs auf der anderen Straßenseite wehte.

Sie ging ein paar Schritte zurück, um besser schauen zu können. Aber in diesem Moment wurde die Tür des Hauses geöffnet, und der Stoff verschwand.

Okay, das war ein Zufall gewesen. Bestimmt hatte jemand vor seiner Haustür ein Selfie geschossen.

Sie ging zurück zum grummelnden Daniel.

Kapitel 7

Oben in ihrer Wohnung guckte Daniel weiter genervt.

»Kann ich etwas trinken? Ich brauch dringend Wasser.«

Sie stellte sich neben ihn und holte ein Glas aus dem Schrank.

»Ah, danke.« Er nahm es und füllte es mit Leitungswasser. Dann lehnte er sich an die Küchenzeile und trank es auf einmal leer. Charlotte beobachtete ihn.

»Komm, wir gucken uns ganz schnell die Kommentare an.«

Daniel folgte ihr ins Wohnzimmer und setzte sich neben sie. Sie fuhr den Computer hoch und stand noch mal auf.

»Magst du Pfefferminztee? Ich mach uns einen.«

»Wie du willst.«

Sie ging zurück in die Küche, sprach aber durch die offene Tür weiter mit ihm.

»Wie fandest du eigentlich die beiden Männer, Hauke Luhm und den Verlobten?«

»Hm.«

»Was meinst du?«, fragte sie. Er sagte etwas, aber der Wasserkocher zischte immer lauter. Sie wartete, bis es aufhörte, und kam dann zurück.

»Was hast du gesagt?«

»Ich habe gesagt, dass ich nichts sage.«

»Okay. Aber der Verlobte wirkte doch sehr mitgenommen. Blitzverlobung und dann seine Freundin verloren.«

»Ja. Was wolltest du recherchieren?«

Daniel hatte die Arme verschränkt und wartete. Gut, dann stellte sie eben den Tee ab und setzte sich gleich an den Rechner.

Sie öffnete Google und suchte den Originalartikel von Hannah Klarenheim, unter dem die vielen Hasskommentare zu finden waren.

»Wir checken nur die Einträge unter dem Namen ›Hannah Klarenheim‹, die sich fälschlicherweise als sie ausgeben, und überprüfen, ob dort jemand eine Anspielung auf das Wort ›Hexe‹ macht.«

»Wie du meinst.«

Auf den ersten fünf Seiten hatten sie keinen Treffer. Dann kam ein Eintrag.

Hannah Klarenheim, 25.2., 11.43 Uhr: »Ich entschuldige mich für alles. Ich habe das nur geschrieben, weil ich sonst nicht weiß, was ich mit meinem armseligen Leben anfangen soll.«

Daniel und Charlotte schauten sich an.

»Nee, oder? Das muss irgendeinen Bezug zu Hexen haben, oder?«

»Genau. Wir machen weiter«, sagte er.

Nächster Treffer.

Hannah Klarenheim, 25.2., 8.42 Uhr: »Ihr seid alle Wichser! PS: Wer kann es mir besorgen?«

Niete.

Hannah Klarenheim, 24.2., 23.54 Uhr: »Ich reiche hiermit meine Kündigung ein. Ich habe einen Fehler gemacht, der unentschuldbar ist.«

Charlotte war deprimiert. Sie mussten etwas finden.

Sie lasen sich durch die Seiten. Auf einmal sagte Daniel: »Stopp!« Charlotte sah auf den Eintrag, den er meinte.

Hannah Klarenheim, 24.2., 21.03 Uhr: »Ich komme direkt aus Salem, und meine Rache ist noch nicht zu Ende.«

»Weißt du, was ›Salem‹ ist?« fragte Daniel.

»Keine Ahnung. Ich google mal.« Sie gab das Wort ein, aber die ersten Treffer brachten nichts. Ein Internat, ein Schloss, eine Gemeinde. Weiter unten auf der Seite wurde es interessanter: eine US-amerikanische Serie über die berühmt-berüchtigten Hexenprozesse von Salem in den noch jungen englischen Kolonien im Amerika des späten 17. Jahrhunderts.

Sie lasen den kurzen Wikipedia-Eintrag dazu.

Die **Hexenprozesse von Salem** (Salem witch trials) im Jahr 1692 bildeten den Beginn einer Reihe von Verhaftungen, Anklagen und Hinrichtungen wegen Hexerei in Neuengland. Die Hexenverfolgung begann in dem Village Salem (heute größtenteils zu Danvers gehörend), nahe der Stadt Salem.

Sie schauten sich an.

»Ich wusste, dass wir etwas finden«, sagte sie. »Jetzt guck ich noch einmal, ob es bei Google einen Treffer zu ›Salem‹ in Kombination mit ›Hannah Klarenheim‹ gibt.«

Sie gab die Wörter ein, aber es erschien nur ein Ergebnis für beide Wörter.

»Was ist das?«, fragte Daniel.

Charlotte klickte auf den Link und sah nur: *»Salem« ist eine geschlossene Gruppe. Um mitschreiben zu können, müssen Sie sich erst registrieren.*

»Ich glaube, das ist ein Forum. Aber ich sehe noch nicht, welches.« Charlotte zog den Laptop näher an sich heran.

Daniel atmete tief durch. »Wir müssen jetzt ins LKA zurück.«

Er hatte es schon wieder eilig.

Sie druckte die Seite mit dem Kommentar aus sowie die wenigen restlichen, die sie noch nicht gelesen hatten. Dann folgte sie ihm schnell zum Auto.

Als sie später in der Tiefgarage vom LKA ankamen, schaute er sie ernst an.

»So, und jetzt sind wir wieder beim ›Sie‹, okay?«

»Ich bin keine fünf Jahre alt. Das habe ich schon begriffen, *Herr* Zumsande.« Sie stieg aus. Den langen Weg von unten bis zu seinem Büro ging sie einfach wortlos hinter ihm her.

Er führte sie in ein kleines Büro und schloss die Tür hinter ihr.

»Du kannst dich hier hinsetzen.« Er deutete auf einen einfachen Stuhl mit Metallbeinen, der vor einem Schreibtisch stand.

»Hast du ein Einzelbüro?«

»Ja, normalerweise arbeiten wir nur in Zweierbüros. Aber es gibt hier auf dem Flur ein Platzproblem, und da habe ich mich angeboten, das kleine Zimmer zu nehmen.«

»Nett.« Eigentlich war es gar nicht nett. Der Raum war winzig. Es standen nur ein Sideboard, ein Schreibtisch und zwei Stühle drin. Keine Pflanze, kein Bild, kein Schnickschnack. Sie setzte sich und stellte die Tasche ab. Er hatte schon seine Lederjacke ausgezogen und über seinen Drehstuhl gehängt. Er tippte auf seiner Tastatur und war beschäftigt.

Charlotte schlug die Beine übereinander und wusste nicht, was sie tun sollte. Sie schaute sich gedankenverloren um. Auf einmal entdeckte sie auf seinem aufgeräumten Sideboard eine Besonderheit. Eine kleine Plastikfigur – eine Matrosin, die ihren rechten Arm zum Winken hob.

Sie stand auf und nahm sie in die Hand. Sie wusste, dass es besser war, ihn nicht zu stören, aber sie konnte nicht anders. »Ist das ein altes Spielzeug von dir?«

»Nein, das hat mir eine Kollegin geschenkt.«

Sie stellte die Matrosin zurück und setzte sich wieder.

»Es dauert nicht mehr lange.« Er schrieb weiter und lehnte sich dann zurück: »Ich glaube, so klingt es ganz vernünftig.«

Sie hob den Kopf und wollte aufstehen.

»Nee, du bleibst schön auf deiner Seite.«

»Sie bleiben schön auf Ihrer Seite«, korrigierte sie ihn.

Er lächelte. »Gut aufgepasst.« Er stand auf und ging zur Tür. »Ich hab's draußen ausgedruckt. Ich komm gleich wieder.« Er ließ die Tür offen stehen und war weg.

Sie starrte aus dem Fenster und wurde langsam etwas müde. Sie hörte fast gar nicht, dass er in den Raum zurückgekommen war. »Wieder da?«, fragte sie und drehte sich um. Aber es war nicht Daniel. Ein junger blonder Mann mit einer Tasse Espresso in der Hand stand vor ihr.

»Guten Tag«, sagte er, stellte seine Tasse auf den Schreibtisch und streckte ihr die Hand entgegen. Er lächelte offen und wirkte freundlich.

»Guten Tag«, antwortete sie und reichte ihm vorsichtig die Hand. Sie wollte aufstehen, aber er deutete an, dass sie sitzen bleiben sollte. Er lehnte sich an die Kante von Daniels Tischplatte und musterte sie. »Sind Sie eine Zeugin?«

»Ja, genau. Ich bin Charlotte Schmidt. Die Journalistin, die Hannah Klarenheim gefunden hat. Ich habe zufällig Herrn Zumsande getroffen, und er will sich aufschreiben, was ich recherchiert habe.«

»Das klingt interessant. Das lese ich auch gern durch.«

»Wie ist denn Ihr Name?«

»Oh, Entschuldigung! Ich bin Ben Marisch.«

Er machte eine Pause und wartete darauf, dass sie weitersprach. Aber sie sagte nichts.

»Der blöde Drucker hatte Papierstau ...« Daniel war zurück und schaute seinen Kollegen kurz irritiert an. Ben Marisch sprang vom Tisch.

»Ich muss dann auch wieder zurück. Es war sehr nett, Sie kennengelernt zu haben. Wir sind auf die Unterstützung von Menschen wie Ihnen dringend angewiesen.« Er ging direkt an Daniel vorbei. Als er in der Tür war, kam er zurück und holte seine Tasse ab, die noch immer auf dem Schreibtisch stand.

Daniel reichte Charlotte ein Papier. »Das müssen Sie unterschreiben.«

Charlotte nahm das Blatt und wollte es lesen. Aber sie blickte sofort wieder zu ihm hoch.

»Ist alles in Ordnung?«

»Natürlich. Das war's dann auch für heute, Frau Schmidt.«

Sie hatte das Gefühl, dass ihn etwas durcheinandergebracht hatte.

Kapitel 8

Ein Gast war heute in »Salem« anwesend. Er betrachtete die Übersicht der Nutzer der letzten vierundzwanzig Stunden und hatte den Eintrag sofort entdeckt. Mit der Computer-Maus bewegte er den Cursor auf »Gast58« und klickte darauf.

Besuch über Google, Stichworte: »Salem« und »Hannah Klarenheim«.

Er atmete tief durch.

Jemand war dran.

Er bewegte seinen linken Zeigefinger am Nasenrücken auf und ab und stützte schließlich seine Ellbogen auf der Schreibtischplatte ab. Das grelle Licht der kleinen gelben Metalllampe brannte in seinen Augen.

Er stand auf, ging in den Flur und öffnete seinen Wandschrank. Seine blaue Werkzeugkiste stand auf dem zweiten Regalbrett von oben, er rückte sie zu sich und hob sie herunter. Sein Hammer lag gleich im oberen Fach.

Er setzte sich zurück an den Tisch und sah seine Lampe an. Dann umklammerte er mit der linken Hand den Lampenkopf und schlug zu.

Das Licht war sofort aus.

Er wollte das alles nicht mehr.

Daniel öffnete sein zweites Astra und warf den Kronkorken auf den Couchtisch.

...

Was war das für ein Tag gewesen! Da nahm er einmal eine Zeugin mit zu einer Tatortbegehung, und im nächsten Augenblick wurde ihm gleich eine Liebesgeschichte angedichtet. Er musste aufpassen.

Obwohl – so schlechte Ideen hatte diese Charlotte Schmidt gar nicht. Wenigstens glaubte sie auch, dass der Mörder Hannah Klarenheim persönlich gekannt haben musste. Davon war Ben mit seinem Algorithmus weit entfernt.

Aber dass der Täter deshalb Spuren im Netz hinterlassen hat, wie sie behauptete? *Jeder von uns hat zwei Leben.*

Er erinnerte sich an ihre Worte. Das war doch sehr weit hergeholt. Bei Mord und Totschlag ging es meistens um starke Gefühle wie Hass oder Eifersucht. Oder um Geld, was man bei diesem Fall ausschließen konnte.

Diese Motive streute ein möglicher Täter doch nicht im Internet. Da bestellte man eher mal Tennissocken oder drückte auf »Like« bei einem Katzenvideo. Natürlich war das Netz für die Polizeiarbeit wichtig, aber er glaubte eben an die guten, alten Ermittlungsmethoden. Ein Gesicht in einer Vernehmung sagte mehr aus als ein anonymer Kommentar im Word Wide Web.

Trotzdem würde es nicht schaden, diese Charlotte Schmidt ein bisschen zu beobachten und vor allem das, was sie recherchierte.

Er trank einen Schluck und legte sich dann lang aufs Sofa.

Das Blöde war nur, dass er selbst bislang keinen konkreten Verdacht hatte. Aber die Möglichkeiten waren ja auch noch lange nicht ausgeschöpft.

Andreas Moser war ein interessanter Ansatz. Vielleicht gab es noch mehr Männer wie ihn, die Hannah Klarenheim mit ihrer Arbeit in Bedrängnis gebracht hatte.

Oder ihr Verlobter Florian Köhler. Blitzverlobung. So ein Quatsch! Wer machte so etwas? Da musste noch mehr dahinterstecken. Sein Alibi war zudem mehr als schwammig. Er hatte angegeben, auf der Rückfahrt von einem Kundentermin gewesen zu sein. Dafür gab es aber keine Zeugen.

Er spürte, dass seine Nase juckte, und zog ein Taschentuch aus einem Päckchen vom Couchtisch. Er schnäuzte sich und legte danach seinen Kopf wieder hin.

Wenn er so nachdachte, hätte er allerdings auch gern eine neue Freundin. Am besten so eine wie seine Ex. Martina hatte als Profilerin beim LKA in Düsseldorf gearbeitet und wusste genau, was sie wollte. Morgens vor der Arbeit ging sie am Rhein joggen, abends war sie reiten. Das erwies sich zwar als schwierig, weil bei einer Beziehung von zwei Polizisten die freie Zeit ohnehin knapp bemessen war, aber in den gemeinsamen Augenblicken war vieles schön gewesen. Es war leicht zwischen ihnen gegangen.

Allerdings so leicht, dass selbst das Ende völlig undramatisch abgelaufen war. Sie war nun in Wiesbaden beim Bundeskriminalamt und er in Hamburg. Es war zwischen ihnen einfach ausgeplätschert.

Vor ein paar Wochen hatte sie ihm dann ein Päckchen mit einer kleinen Matrosin ins Büro geschickt. Daneben lag eine Karte, auf die sie geschrieben hatte: »Goodbye, my boy!«

Wenn er jetzt so darüber nachdachte, bereute er nicht, mitgegangen zu sein. Vielleicht wäre es intensiver zwischen ihnen geworden, wenn er sich mehr bemüht hätte.

Er schloss die Augen. Doch er konnte nicht loslassen. Er war zu wach zum Schlafen und zu müde zum Denken. Er strich über seinen Bauch und beschloss, dass er besser aufstehen sollte, um mal rauszugehen.

Am Isebekkanal war die Luft frisch, und er mochte den Blick auf das ruhige Wasser. Der Natur hier war es völlig egal, wer wen gerade umgebracht hatte und was für ein Motiv dahintersteckte.

»Aufpassen!«

Er sprang zur Seite. In der Dunkelheit hatte er die Fahrräder gar nicht gesehen.

»Das hier ist ein Radweg.«

Zwei Frauen hätten ihn fast angefahren. Sie trugen beide Yogataschen über der Schulter und warfen ihm einen strengen Blick zu.

Er schaute ihnen nach.

»Na, ich könnte auch den Kollegen Bescheid geben, dass ein Rücklicht nicht funktioniert«, dachte er und lächelte. Er wechselte auf die Seite vom Gehweg und blieb sofort wieder stehen.

In einem Café auf der gegenüberliegenden Seite entdeckte er Florian Köhler. Er trug keinen Anzug wie heute Vormittag, sondern eine Jeans und einen blauen Pullover. Aber es war eindeutig er. Ihm gegenüber saß ein Mann um die sechzig, der auf ihn einredete.

Daniel ging näher auf das Café zu, aber er blieb im Schatten. Jetzt sagte auch Florian etwas. Der andere Mann hörte zu, aber danach redete er noch mehr.

Daniel holte sein Handy heraus und fotografierte beide. Ob er sich mit ins Café setzen sollte?

Das erwies sich allerdings als unnötig, sah er doch nun, wie Florian Köhler von seinem Stuhl aufsprang und schnell den Raum verließ. Der Mann folgte ihm bis zur Tür, aber Köhler ließ sich nicht aufhalten.

Daniel machte noch ein Foto und folgte Florian, als er draußen war. Er bog um die Ecke. Verdammt! Er schloss ein Auto auf.

Daniel hatte seinen Wagen viel zu weit weg geparkt, um ihm hinterherfahren zu können.

Also ging er zurück, um den anderen Mann weiter zu beobachten. Aber er konnte ihn nicht mehr zu entdecken.

Zum Glück hatte er das Foto. Das sollte Florian morgen einmal erklären. Blitzhochzeit, Diskussion im Café? Von wegen *Das private Umfeld von Hannah Klarenheim ist unauffällig.*

Kapitel 9

Es war 8.43 Uhr, und Charlotte arbeitete an einer groben Struktur für ihren Artikel über Hannahs Fall. Allerdings wusste sie noch nicht, wie sie alle Elemente verbinden sollte. Auf jeden Fall musste Folgendes darin vorkommen: die bisherige Arbeit von Hannah, der Shitstorm, der über sie hereingebrochen war, der Mord und wie die tote Hannah von ihr gefunden worden war, ihre weitere Recherche, die (hoffentlich baldige) Auflösung der Tat, die Beschreibung des Motivs und eine Experteneinschätzung. Vielleicht eine Polizeipsychologin?

Sie hatte zudem eine weitere Zahl gefunden: Amnesty International hatte eine Umfrage in Auftrag gegeben und Frauen nach ihren Erfahrungen in sozialen Medien befragt. 23 Prozent hatten angegeben, bereits Missbrauch und Belästigung erlebt zu haben. Sie könnte auch noch Statements von Hannahs Kolleginnen zu ihrem Artikel hinzufügen. Am besten schrieb sie gleich Anfragen an die Redaktion.

Uff, sie lehnte sich zurück und brauchte eine Ablenkung. Sie öffnete den Browser und las Berichte über Hannah Klarenheim. Inzwischen gab es sehr viele Artikel über den Mordfall. Da waren Kommentare, in denen Journalisten die verloren geglaubte Meinungsfreiheit in Deutschland beklagten. Auch die Gefahren für Reporter wurden thematisiert. Zudem meldeten sich Politiker zu Wort und forderten eine systematische Verfolgung von Hatern im Netz. Außerdem diskutierten YouTube-Stars und -User heftig miteinander. Ganz klassisch wurde aber auch sachlich über die Ermittlungen berichtet. Die meisten Artikel waren allerdings emotionale Geschichten über Hannah Klarenheim, die sich besonders schnell im Social-Web verteilten.

Okay, aber es war nichts dabei, was ihren eigenen Artikel in irgendeiner Form weiterbrachte. Sie musste sich auf den Hexen-Hinweis konzentrieren, den sie in der Wohnung und unter dem Artikel von Hannah Klarenheim entdeckt hatte.

Sie hatte sich eine Anspielung auf den historischen Hexenort »Salem« und einen Link zu einem Forum, das sie noch nicht identifiziert hatte, notiert. Sie klickte erneut darauf und suchte nach dem Namen der Plattform. Dort stand er: »Männeruniversum«! Das war eine Ansage.

Auf der Startseite war nicht viel zu sehen. Aber ob die Inhalte der Unterseiten bei Google auffindbar waren?

Sie gab die Stichwörter »Salem«, »Hannah Klarenheim« und »Männeruniversum« ein und suchte nach einem Hinweis. Das war mühsam, denn auf den ersten Blick konnte sie nichts finden.

Inzwischen war sie schon bei der Google-Treffer-Seite sechs. Aber da! In dem kleinen Fließtext standen auseinandergerissene Sätze:

»**ritzelbaeki**: Frauen werden doch heute sowieso ... Diese Hannah Klarenheim ist ... Gruppe: **Salem**, nicht öffentlich.«

Charlotte klickte auf den Link und landete auf einer Diskussionsseite. Sie suchte nach »ritzelbaeki« und fand eine Diskussion, allerdings nicht in der Gruppe »Salem«:

> »Das ist doch wieder logisch. Ich meine, die Zahl der angezeigten Vergewaltigungen ist in den letzten Jahren sprunghaft angestiegen, aber nicht die Zahl der Verurteilungen. Wie kann das sein? Ich sage euch, das ist der Einfluss der radikalen Feministinnen! Nicht Frauen sind die Opfer, sondern Männer! Eine Frau rennt bei jeder Kleinigkeit zur Polizei, und schon hat ihr Mann, der jahrelang für seine Familie gesorgt hat, eine Vergewaltigungsklage am Hals – und seine Ex kriegt das

alleinige Sorgerecht und sein Haus obendrauf. Er dagegen ist alles los – Job, Haus, Kinder und seinen Ruf. Darüber müssten sich die Politiker mal Gedanken machen.«

Okay, sie war in einem Männerrechtler-Forum gelandet. Charlotte kannte diese Gruppen gut. Sie waren nicht besonders viele, aber dafür laut im Internet. Sobald im Netz ein Artikel über die Verbesserung der Rechte von Frauen publiziert wurde, konnte man bis zehn runterzählen, bis sich die Männerrechtler dazu meldeten. Sie schrieben lange Abhandlungen darüber, auf welche Art und Weise Frauen bevorzugt würden und wie sehr die Männer darunter litten. Zudem zogen sie Studien aus der Tasche, die das belegen sollten. Sie diskutierten so lange und führten so viele Beispiele für die angebliche Unterdrückung der Männer an, bis alle anderen keine Lust mehr hatten und sich zurückzogen. Komplette Foren mussten schon geschlossen werden. Charlotte hatte einmal gelesen, dass Männerrechtler, Maskulinisten oder Antifeministen, wie sie sich selbst nannten, quer durch alle Gesellschaftsschichten zu finden waren, selbst Professoren befanden sich darunter.

Interessant war, dass auch knapp zwei Drittel der gesamten deutschen Männer der Ansicht waren, dass genug oder sogar zu viel für die Emanzipation der Frauen getan worden sei. Das hatte sie in dem Buch »Das beherrschte Geschlecht« der Psychologin Sandra Konrad gelesen. Warum aber einige wenige einen übersteigerten Hass entwickelten, war sicherlich individuell unterschiedlich. Laut Konrad ging es oft um die Abwehr der eigenen Ohnmacht. Sexismus sei damit ein Machtmittel, um die Frau auf einen untergeordneten Platz zu verweisen und die eigene Stellung zu stärken, schrieb die Autorin weiter.

Die meisten journalistischen Medien nahmen die Männerrechtler nicht ernst. Aber durch ihre Kommentarkultur kannte sie trotzdem jeder.

Dass die Gruppe Hannah Klarenheim nicht mochte, lag auf der Hand. Sie gab »Hexe« in die Suche, die zum Forum gehörte, ein. Sie wartete, aber es kam kein Treffer. Dann suchte sie nach »Salem« und landete wieder auf der Seite, die sie schon einmal gesehen hatte.

Gruppe: Salem, Teilnehmer: 11, Beobachter: 0, nicht öffentlich, nur Gruppenteilnehmer können Inhalte lesen und schreiben.

Das hatte sie verstanden. Sie gab den Nicknamen »ritzelbaeki« in die Forumssuche ein und landete auf einem Profil.

Username: ritzelbaeki, angemeldet seit: 02/2008, Anzahl der Beiträge: 945, Gruppen: ... nur Forumsmitglieder können weiterlesen. Sie sind noch kein Mitglied? Melden Sie sich an. Hier geht's zur Registrierung.

Es nützte nichts, sie musste sich selbst anmelden, wenn sie weiterkommen wollte.

Sie klickte auf Registrierung und las den längeren Einleitungstext durch. Es wurde darauf hingewiesen, dass keine Verleugnungen geschrieben und keine vollen Namen genannt werden dürften, von Personen des öffentlichen Lebens einmal abgesehen. Wahrscheinlich hatte das Forum schon mehrere Klagen bekommen und musste aufpassen. Was die Aufnahme ins Forum anging, gab es eine entscheidende Schwierigkeit. Charlotte hatte gehofft, dass sie sich einen Namen ausdenken und diesen in der Abfrage der Daten eingeben könnte.

Aber auf der Website wurde darauf hingewiesen, dass die realen Namen nachvollziehbar sein müssten und überprüft würden. Als Nicknamen könnte man jedoch ein Wort verwenden, dass die Anonymität wahrte. Diese Methode hätten die Forumsbetreiber eingeführt, um Missbrauch vorzubeugen.

Als Frau und Journalistin brauchte sie wohl erst gar nicht zu versuchen, einen Zugang zu bekommen. Wen könnte sie dann nehmen? Sie schaute raus auf die Alster. Natürlich – David. Ihr kleiner Bruder. Der hatte schon für einige ihrer Geschichten herhalten müssen.

Sie nahm ihr Handy aus der Tasche und zog sich in einen Konferenzraum zurück. David nahm sofort ab.

»Hey, wie geht's dir?«

»Das ist eine lange Geschichte. Du, ich müsste mir deinen Namen ausleihen, um mich in einem Forum anzumelden. Das ist doch okay, oder?«

»Ähm … nein. Warum willst du das?«

»Ich suche Verbrecher.«

»Bist du bei der Polizei? Das wird Mama aber freuen. Wirst du verbeamtet?«

»So ähnlich. Nur ohne die Absicherung.«

»Oh!«

»Du hast ja bestimmt nicht lange Zeit. Kann ich deinen Namen benutzen, um mich bei einem Männerrechtler-Forum anzumelden?«

»Was ist das denn?«

»Das ist ein Forum für Leute, die Frauen hassen und sich von ihnen unterdrückt fühlen.«

»Ganz bestimmt nicht!«

»Das ist für meine Recherche aber wichtig.«

»Und ich stehe dann zehn Jahre im Internet als Frauenhasser. Dann lern ich keine Frau mehr kennen.«

»Du bist doch verheiratet.«

»Na und? In der Theorie muss das trotzdem möglich sein. Sonst kann man nicht verheiratet bleiben.«

Charlotte protestierte. »Dein Name wird doch gar nicht angezeigt. Den brauch ich nur für die Registrierung. Deinen Nicknamen verändere ich.«

»So, Lotte. Ich will jetzt die ganze Geschichte.«

Ihr kleiner Bruder war zu schlau. Sie atmete tief durch und erzählte ihm alles.

»Du läufst gerade einem Mörder hinterher. Was ist denn, wenn er dich als Nächstes umbringt?«

»Ich bin doch nicht die Polizei, sondern recherchiere nur ein wenig. So nah komme ich nicht an den Täter ran. Ich pass schon auf, versprochen. Und darf ich jetzt deinen Namen verwenden? Der wird auch nicht im Internet auftauchen. Ganz sicher. Den brauch ich nur für die Registrierung. Nach dem Artikel wird alles sofort wieder gelöscht. Und die

Leute im Forum kriegen nie raus, dass wir etwas miteinander zu tun haben.«

»Wenn du meinst. Du musst mir aber versprechen, dass du nach Münster kommst, falls es brenzlig wird. Ich würde ja zu dir kommen, aber ich kann leider nicht. Lena ist mit ihren Freundinnen übers Wochenende weggefahren, und ich bin allein mit den Hunden.«

»Das mach ich.«

»Und melde dich am Wochenende noch einmal. Sonst ruf ich an.«

»Ist das eine Drohung oder ein Versprechen?«

»Eine Drohung.«

»Message angekommen.«

Sie legten auf, und Charlotte ging zurück an ihren Platz. Es war gut, dass es David gab.

Sie öffnete das Browser-Fenster mit der Registrierung und wollte den Namen ihres Bruders eingeben. Sie hoffte, dass die Betreiber des Forums nicht die IP-Adressen überprüften, schließlich wohnte David in Münster, und sie schrieb von Hamburg aus. Praktischerweise hatte ihr Bruder einen anderen Nachnamen, weil er nach seiner Hochzeit »Schmidt« gegen »von Sommerland« eingetauscht hatte. David von Sommerland. Das hätte sie auch sofort gemacht. Ihre Mutter hingegen fand das doof.

Sie füllte die Registrierung aus und konnte nun nur warten, bis die Forumsbetreiber ihren Bruder aufnahmen. Das dauerte hoffentlich nicht mehr lange, und dann wüsste sie bald genauer, wer hinter Hannah Klarenheim her war.

Kapitel 10

Um 11.03 Uhr hatte wieder jemand auf die »Salem«-Gruppe geklickt. Dieses Mal kam der Gast über die interne Suche. Er stand an der Haltestelle und starrte auf sein Smartphone. Der Bus kam, und er setzte sich ganz hinten auf die Rückbank, wo ihn die nervigen Rentnerinnen nicht stören würden.

Dann klickte er auf den Button »Neue Mitglieder«.

Der Busfahrer bremste scharf, und sein Knie rutschte gegen den Vordersitz. Mist! Er schlug mit der Faust auf die Lehne, und Zorn stieg in ihm auf.

Sein Blick ging zurück zum Handy. Um 11.20 Uhr war die Registrierung von »Hexenhammer« freigeschaltet worden. Für ihn war es leicht, den tatsächlichen Namen dahinter zu knacken: David von Sommerland.

Er googelte ihn. Fußball in Münster, Hallenturnier. Das konnte es noch nicht sein. Er probierte »David von Sommerland« und »Polizist«. Nichts. »David von Sommerland« und »Landeskriminalamt Hamburg«. Überall nichts. »David von Sommerland« und »Hamburg«. Nichts. Okay, er musste das zu Hause am PC genauer checken. Obwohl ... Was war das?

»David von Sommerland ... Simone-Trichter-Verlag, Harvestehuder Weg 24, 20 149 Hamburg ...«

Er klickte auf den Link und sah ein Bild. »Charlotte Schmidt und ihr Bruder David von Sommerland testeten das Wellnesshotel ›Sandburg‹ in Travemünde an der Ostsee.«

Charlotte Schmidt also.

• • •

Daniel fing Christoph im Flur ab. »Kann ich dich kurz sprechen?«

»Geht es schnell? Wir sitzen mit Ben und der Oberstaatsanwältin zusammen. Einer der Shitstormer war schon einmal wegen schwerer Körperverletzung verurteilt. Und er kommt aus Hamburg. Das kann eine richtig gute Spur sein.«

»Stimmt.« Daniel glaubte nicht wirklich daran, sagte aber besser nichts. Er holte sein Handy raus. »Gestern habe ich Florian Köhler in einem Café gesehen. Er hatte eine Auseinandersetzung mit diesem Mann. Kennst du ihn zufällig?«

Christoph schaute sich das Foto an.

»Allerdings. Er ist eine Hamburger Persönlichkeit, alte Reederei-Familie. Gustav Roonberge. Tut mir leid, ich muss los. Bleib da dran.«

Das ging flott. Er hatte einen Namen. Daniel ging zurück in sein Büro und suchte ihn in der Polizeidatenbank. Kein Eintrag. Gut, bei einer bekannten Persönlichkeit kein Wunder. Er googelte ihn und las sich durch diverse Artikel, die alle das Engagement des Mannes über den grünen Klee lobten.

Warum hatte er sich gestern mit Florian Köhler gestritten? Er googelte beide Namen und fand einen Eintrag.

Burschenschaft Hoheluft – die schlagende Verbindung für echte Werte

Florian Köhler war in einer Verbindung gewesen? Das hätte er ihm gar nicht zugetraut. Er las sich ein wenig durch die Beschreibung auf der Website. Viel Tradition, viel Gemeinschaft, viel Status. Daniel machte sich Notizen und wollte schon aufhören, als er einen Text über Frauen gefunden hatte.

»Wir unterstützen die Wichtigkeit der Familie und die Rollen, die naturgemäß Frauen und Männer darin einnehmen.«

Das klang aber nicht nach Feminismus. Warum zum Teufel war Florian Köhler mit einer bekannten Frauenrechtlerin zusammen gewesen? Wusste seine Blitzverlobte davon? War es möglich, dass er sich gegenüber Hannah verstellt und sich dann an ihr gerächt hatte? Er sah auf die Uhr. Neun Uhr morgens. Er musste gleich mit ihm darüber sprechen.

Er packte seine Lederjacke und ging raus. Seine Kollegin Sarah kam ihm im Flur lächelnd entgegen.

»Deine Zeugin wartet in Raum drei.«

»Welche Zeugin?«

»Du hattest doch Vera Beier eingeladen. Die Schulfreundin von Hannah Klarenheim.«

Richtig, die hatte er fast vergessen.

»Danke, dass du mich daran erinnert hast, Sarah.«

Sie lächelte noch breiter und ging zurück.

Er öffnete die Tür des Vernehmungsraums. Vera Beier sah sehr müde und vor allem nervös aus. Ihre kurzen blonden Haare hatte sie zu einem winzigen Zopf im Nacken gebunden, und sie trug einen riesigen Wollpullover mit Rollkragen.

»Frau Beier. Schön, dass Sie gekommen sind.«

Sie holte ein Taschentuch heraus und schnäuzte sich.

»Haben Sie den Mörder schon gefunden?«

»Leider darf ich Ihnen zum aktuellen Stand der Ermittlungen nichts sagen. Aber glauben Sie mir, dass hier alle verfügbaren Kräfte an dem Fall arbeiten.«

Sie nickte.

»Ich möchte heute gern mit Ihnen über die Beziehung von Hannah Klarenheim und Florian Köhler sprechen. Sie waren eine enge Freundin von ihr, nicht?«

»Ja, wir kennen uns schon seit der Grundschule. Was wollen Sie denn über die beiden wissen?«

»Herr Köhler hat Frau Klarenheim erst vor drei Monaten kennengelernt, aber sie waren bereits verlobt. Das klingt erst einmal ungewöhnlich.«

Sie lächelte schwach.

»Hannah hat sich bei allen Dingen im Leben schnell entschieden. Sie war sehr mutig.«

»Hatte sie schon mehrere Blitzverlobungen?«

»Nein, das nicht. Sie war noch nie verheiratet. Vor Florian war sie fast zwei Jahre Single, ja genau, ich glaube, es waren zwei Jahre.«

»Warum ging es denn so schnell? Wollte Frau Klarenheim unbedingt heiraten?«

»Nein, bestimmt nicht. Solche Formalitäten waren ihr eigentlich egal. Bei den beiden hat es einfach gepasst. Sie haben sich gesucht und gefunden. Er ist zwar ruhiger und nicht so schlagfertig wie Hannah, aber die beiden haben sich gut ergänzt. Das war harmonisch.«

»Wie war Herr Köhler in der Beziehung?«

»Verständnisvoll, würde ich sagen. Er fand ihre Ideen aufregend.«

»Aufregend? Was meinen Sie damit?«

»Na ja, Hannah hat manchmal mit ihrer Meinung polarisiert. Aber Florian hat das nicht gestört. Er mochte das.«

»Hatten Sie das Gefühl, dass er sich verstellt?«

»Verstellt? Nein, wieso?« Sie schaute verdutzt.

»Wussten Sie, dass Florian Köhler in einer schlagenden Verbindung war?«

»Ach, die Burschenschaft Hoheluft.«

Es war also kein Geheimnis gewesen.

»Ja, davon habe ich gehört.«

»Wie passt das mit ihrem Feminismus zusammen?«

»Ich kann nicht viel darüber sagen. Aber die Burschenschaft war wohl ein Traditionsding in seiner Familie. Florian ist aber ausgetreten, was seine Eltern richtig doof fanden. Mehr weiß ich nicht.«

Innerlich seufzte Daniel. Entweder war wirklich alles perfekt, und er war auf dem Holzweg, oder der Riss in der Fassade war ziemlich gut versteckt. Der Rest der Vernehmung brachte ihn auch nicht weiter.

Er verabschiedete Vera Beier und traf auf dem Rückweg Ben.

»Hast du Zeit? Kann ich dich etwas fragen?«

»Klar, komm rein!«

Daniel setzte sich vor Bens Schreibtisch und fragte geradeheraus. »Der Verlobte von Hannah Klarenheim, Florian Köhler, war zeitweise in einer schlagenden Verbindung: Burschenschaft Hoheluft. Ist dieser Name in deinen Ermittlungen schon einmal aufgetaucht?«

Bens Finger flogen in Rekordgeschwindigkeit über die Tastatur.

»Das sagt mir gar nichts. Aber ich gucke mal.«

Daniel wartete und hoffte fast, dass er etwas finden würde.

Aber je länger er tippte, desto geringer wurde seine Hoffnung.

»Da ist leider nichts. Aber es könnte natürlich sein, dass die Leute aus der Verbindung andere Namen oder Stichwörter verwenden. Ich behalte das im Blick und gebe dir Bescheid.«

Ben schaute ihn an, und Daniel nickte stumm.

»Schon komisch. Feministin und Burschenschaft«, schob Ben nach.

»Das sollte ich ihn auch dringend fragen.«

Er konnte nur hoffen, dass Florian Köhler zu Hause war, als er im Auto saß.

Als er ankam, hatte er aber Glück. Er klingelte, und es wurde geöffnet.

Florian machte die Tür auf und wirkte ganz anders als sonst. Er trug wieder einen Wollpulli, aber dieses Mal eine Jogginghose, was seine Erscheinung gleich veränderte.

Er streckte ihm an der Tür die Hand entgegen.

»Kommen Sie doch rein!«

Drinnen sah Daniel, dass die Wohnung tatsächlich etwas chaotisch aussah. Überall standen Umzugskisten herum, Möbel waren verrückt, und Tapeten lösten sich von den Wänden.

»Entschuldigen Sie bitte das Durcheinander. Möchten Sie einen Kaffee?«

»Nein, danke.«

Daniel blieb im Flur stehen.

Unerwartet stellte sich jemand dazu. Ein älterer Mann, vielleicht um die siebzig.

»Sind Sie von der Polizei? Haben Sie den Mörder schon gefunden?«

»Wir arbeiten daran. Darf ich nach Ihrem Namen fragen?«

»Ach so, klar.«

Er kam auf ihn zu und gab Daniel die Hand.

»Herbert Köhler. Ich bin der Vater von Florian.«

Der Vater. Jetzt konnte er die Ähnlichkeit im Gesicht entdecken. Auch ansonsten passte das Bild. Er trug eine Anzughose, Wollpullover und ein kariertes Hemd darunter.

»Papa, setz dich zurück ins Wohnzimmer. Das stört doch hier.«

Florian schaute Daniel wieder an.

»Wirklich keinen Kaffee?«

»Nein, für mich nicht.«

»Gut, ich mach mir kurz einen. Nehmen Sie drüben gern Platz.«

Daniel folgte seiner Anweisung und setzte sich auf einen Ledersessel, der frei war. Der Vater von Florian blieb am Fenster stehen und lehnte sich an.

Als Florian wieder da war, schauten beide Männer Daniel erwartungsvoll an.

»Haben Sie schon jemanden geschnappt?«, fragte Florian.

»Wir stecken noch in den Ermittlungen, Herr Köhler. Heute bin ich hier, weil ich noch ein paar Fragen habe. Ist es für Sie in Ordnung, dass Ihr Vater dabei ist?«

In den Augen von Florian blitzte leichte Angst auf. »Natürlich, das ist kein Problem.«

»Sie haben sich gestern in einem Café mit Gustav Roonberge gestritten. Worum ging es in Ihrem Gespräch?«

»Haben Sie mich beschattet?«

»Beantworten Sie einfach die Frage.«

Er verrutschte seinen Stuhl ein kleines Stück. »Es ging um nichts Wichtiges.«

»Warum sind Sie dann weggelaufen?«

»Weil Gustav mir seine Hilfe anbieten wollte, aber ich habe zurzeit keinen Kopf dafür. Ich muss erst einmal alles verstehen. Hannah ist tot.« Seine Augen fingen an, leicht zu glänzen.

Daniel machte einfach weiter. »Welche Hilfe wollte er anbieten? Unterstützung von der Burschenschaft?«

Florian guckte schlagartig hoch, und dabei rannte eine Träne über sein Gesicht. Er wischte sie mit dem linken Ärmel seines Wollpullis weg. »Ja, genau. Das wissen Sie anscheinend auch. Ich bin dort aber nicht mehr Mitglied und brauche auch keine Hilfe.«

Jetzt bewegte sich auch sein Vater. »Wieso schlägst du alles aus?«

»Papa, fang nicht wieder an.«

»Wie kam es zum Bruch mit der Burschenschaft?«

Florian griff nach seiner Kaffeetasse. »Das klingt bei Ihnen so dramatisch, aber das war es gar nicht. Bei uns in der Familie waren alle Männer bei der Burschenschaft, aber ...«

»Weil wir eine Gemeinschaft sind, die sich immer unterstützt ...«

»Papa, jetzt ist gut.« Sein Vater verstummte.

»Deshalb habe ich am Anfang gar nicht darüber nachgedacht, ob ich eintrete oder nicht. Aber nach einer Weile wollte ich dort nicht mehr sein.«

»Warum nicht?«

»Warum? ... Gute Frage. Ich passe dort nicht hin. Ich bin anders.«

»Wie sind Sie denn?«

Er überlegte länger. »Nicht so konservativ. Ich falle eben mehr aus dem Rahmen.«

Der Vater öffnete wieder den Mund, aber Florian guckte ihn an. Er sagte nichts.

»Herr Köhler, Sie müssen zugeben, dass einiges bei Ihnen sehr ungewöhnlich klingt. Einerseits sagen Sie, dass Sie nicht so konservativ sind. Aber Ihr Beruf bei der Bank fällt nicht besonders aus dem Rahmen. Dann treten Sie in eine Burschenschaft ein und sind später mit einer Feministin blitzverlobt.«

»Wie Sie das so sagen, klingt es tatsächlich verrückt. Aber so ist es nun mal.«

»Was treibt Sie denn an?«

»Was meinen Sie, was mich antreibt?«

»Was wollen Sie im Leben, Herr Köhler?«

»Ich verstehe die Frage nicht.«

»Florian will einfach ein gutes Leben führen, so wie wir alle.« Der Vater konnte nicht still sein und rutschte an seiner Fensterbank hin und her.

»Was haben Sie denn von Ihrer zukünftigen Schwiegertochter gehalten? Waren Sie nicht überrascht?«

»Die war wenigstens besser als ...« Er stockte.

»Papa!«

»Besser als wer?«

Daniel wartete, bis er antwortete. »Besser als das ewige Alleinsein. Vorher hatte Florian ja lange keine Frau, und das in seinem Alter. Da hatte ich schon drei Kinder.«

Florian schloss die Augen und öffnete sie wieder.

»Stimmt das, Herr Köhler?«

»Ja, das ist richtig. Ich war vorher länger Single.«

Daniel kam nicht weiter. Sie redeten noch ein wenig, aber er hatte das Gefühl, dass die beiden Männer immer mehr dichtmachten. Und Daniel fand die Bruchstelle nicht.

Er verabschiedete sich, setzte sich in sein Auto und gab eine Adresse in der Hafencity ein. Am liebsten würde er alle schütteln, bis die Geheimnisse unten rausfielen, dachte er und fuhr los.

Als er in dem neuen Stadtteil ankam, war er beeindruckt. Er hatte die Hafencity vorher noch nie gesehen. Die Gebäude waren groß, teilweise futuristisch und irgendwie anders. Er sah sich um. Sie waren alle noch so sauber.

Er ging auf einen modernen Komplex zu und stellte sich in einer übergroßen Lobby an die Rezeption.

»Daniel Zumsande, Landeskriminalamt. Ich muss Gustav Roonberge sprechen. Ist der da?«

Er zeigte dem Herrn seinen Dienstausweis. Der Mann an der Lobby nickte und telefonierte dann. Daniel wurde sofort nach oben in ein Büro geführt. Er stellte sich an ein bodentiefes Fenster und sah raus auf den Hafen. Rechts von ihm ragte die Elbphilharmonie empor, und daneben fuhr ein Kreuzfahrtschiff auf der Elbe vorbei. Ach Hamburg. Das war nun seine Heimat!

»Ich bin überrascht, dass mich ein Polizist vom Landeskriminalamt besucht.«

Gustav Roonberge war durch die Tür gekommen und trug heute einen blauen Anzug. Er saß perfekt, bestimmt war er maßgeschneidert.

»Ich habe nicht viele Fragen, Herr Roonberge.«

Sie reichten sich die Hände und nahmen Platz. Sein Gegenüber saß vorm Fenster und wirkte nun wie ein Teil dieser imposanten Szene.

»Ich bin gespannt.«

Gustav Roonberge öffnete den Knopf seines Jacketts.

»Sie hatten gestern in einem Café in Eimsbüttel eine Diskussion mit Florian Köhler. Worum ging es da?«

»Ist das relevant für die Mordermittlungen von Hannah Klarenheim?«

»Worum ging es, Herr Roonberge?«

Gustav Roonberge drehte sich leicht mit seinem Stuhl nach hinten.

»Ich habe Florian meine Unterstützung in dieser schweren Zeit angeboten. Aber er wollte davon nichts wissen.«

»Welche Hilfe wollten Sie ihm denn anbieten?«

»So weit sind wir gar nicht gekommen. Er hat sofort abgeblockt.«

»Ich finde es etwas merkwürdig, dass Sie ihn treffen. Florian Köhler ist aus der Burschenschaft Hoheluft ausgetreten.«

Der Blick von Gustav Roonberge fror eine Sekunde ein, und er drehte sich zurück. »Das stimmt. Aber deshalb verliere ich ja nicht meine christliche Nächstenliebe.«

»Warum hat Florian Köhler damals der Burschenschaft den Rücken gekehrt?«

»Das müssen Sie ihn selbst fragen.«

»Mich interessiert Ihre Meinung.«

»Ich unterstütze zwar nach wie vor die Gemeinschaft, aber viel kriege ich nicht mit. Florian hat sich meines Wissens dort nicht wohlgefühlt. Er ist eher der Typ Einzelgänger, denke ich.«

»Ist er Ihnen trotzdem weiterhin wichtig?«

»Ich kenne vor allem seinen Vater. Wir spielen zusammen Golf.«

»Und dann wissen Sie nicht, warum Florian Köhler nicht mehr in der Burschenschaft sein wollte?«

»Das sind seine Gründe, und die bleiben in der Familie.«

»Haben Sie von der Verlobung mit der Feministin Hannah Klarenheim gehört?«

»Ja, das hatte mir sein Vater erzählt.«

»Wie fanden Sie das? Ich kann mir vorstellen, dass Sie wenig mit Frauenrechtlerinnen zu tun haben.«

»Was wollen Sie damit sagen? Dass ich frauenfeindlich bin?«

»Ich werte nicht, Herr Roonberge. Ich frage nur.«

»Was diese Hannah Klarenheim für Vorstellungen hatte, interessiert mich nicht. Wieso sollten die beiden nicht heiraten, wenn sie sich geliebt haben?«

Gustav Roonberge schaute aus einem seitlichen Fenster. »Mir tut Florian wirklich sehr leid.«

Daniel saß auf dem Stuhl und fühlte, dass irgendjemand etwas nicht aussprach.

Kapitel 11

Um siebzehn Uhr war sie wieder auf dem Heimweg. Das Gespräch mit der Kollegin von Hannah Klarenheim hatte sie bewegt. Charlotte hatte davon erzählt, wie sie sie gefunden hatte, und die Kollegin hatte berichtet, was seitdem in der Redaktion passiert war. Hannah fehlte ihnen, und gleichzeitig stürzte so viel auf alle ein. Es erreichten sie ständig Presseanfragen, und Politiker, aber auch normale Leserinnen meldeten sich. Das Team schaute allerdings auch nach vorn und hatte beschlossen, einen Aktionstag zu organisieren: Hass gegen Frauen im Internet. Charlotte sollte auch mit aufs Podium.

Das erfüllte sie einerseits mit Schmerz, weil der Grund so tragisch war, andererseits machte es sie auch stolz, Teil der Aufarbeitung zu sein. Sie bog mit dem Fahrrad in ihre Straße und hängte ihren Gedanken weiter nach.

Als sie die Tür aufschloss, war sie aber blitzartig wieder im Hier und Jetzt. Ihr grauer Wollmantel lag ausgebreitet auf den Dielen. Sie schaute zur Garderobe, aber die anderen Jacken hingen wie immer an den Holzbügeln. Wie konnte das sein? Sie kniete sich hin und hob den Mantel hoch. Es war nichts zu erkennen.

Ach, was soll's, sagte sie sich schließlich. Wahrscheinlich war er heute Morgen beim Rausgehen runtergefallen. Sie zog ihre blaue Daunenjacke aus, ging in die Küche und machte sich ein Brot mit Ziegenfrischkäse.

Auf dem Sofa klappte sie ihren Laptop auf und beschloss, gleich weiterzumachen. Sie öffnete ihre Mails und sah, dass die Registrierung beim Männerrechtler-Forum bereits erfolgreich war. David von Sommerland war jetzt Frauenhasser, und sie konnte endlich im Forum surfen. Sie schluckte den letzten Bissen vom Brot runter und klickte sich quer durch alle Diskussionen, um nicht zu auffällig zu wirken. Aber dann hielt sie es nicht mehr aus und suchte das Profil von »ritzelbaeki«. Er war der einzige User, von dem sie sicher wusste, dass er in der Gruppe »Salem« war.

Username: ritzelbaeki, angemeldet seit: 02/2008, Anzahl der Beiträge: 945, Gruppen: Exen, Folterlesben, Salem, Feldarbeit.

Sie drückte auf den Link zu »Salem« und war auf der Gruppenseite. Sie klickte auf »In die Gruppe eintreten« und erhielt einen Hinweis.

»Danke, dass Sie sich für diese Gruppe interessieren. Sie ist nicht öffentlich. Beiträge können nur Gruppenteilnehmer schreiben und lesen. Der Gruppenadministrator entscheidet, wer in die Gruppe aufgenommen wird. Dies kann einen Moment dauern.«

Sie betete, dass sie aufgenommen werden würde. In der Zwischenzeit wollte sie wie ein normaler Frauenhasser wirken und schrieb in einer öffentlichen Diskussion unter dem Obertitel »Feministinnen« mit.

Nach einer Stunde beschloss sie, dass sie sich nun genug bewiesen hatte, und ging zurück auf das Profil von »ritzelbaeki«. Unter »Beiträge« konnte man sich alle Antworten von diesem User anzeigen lassen. Charlotte versuchte seine Denkweise zu verstehen. Leider wurden die Antworten aus den Gruppen »Salem« und »Feldarbeit« nicht ausgespielt, die für sie am interessantesten gewesen wären. Ansonsten schrieb er sehr viel über Ex-Freundinnen, ein wenig über Frauen als Vorgesetzte und übers Grillen. Nun gut. Sie klickte auf den nächsten Beitrag und setzte sich auf. Er hatte am 30. Januar 2011 einem User geantwortet, der über seine Ex-Frau geschimpft hatte.

»Ich bin eine Hexe. Häh, häh! Das sagt deine Ex, wenn sie sich nachts schlafen legt und die Dämonen über sie kommen.«

Das war genau der Satz gewesen, der auch über dem Bett von Hannah Klarenheim gestanden hatte. Sie blickte auf und starrte aus dem Fenster in die Dunkelheit. Aber was sollte sie tun? Dem Mörder eine Nachricht über das Forum schreiben? »Hey du, ich vermute, dass du Hannah Klarenheim ermordet hast. Sollen wir uns mal treffen?«

Sie hatte keine Ahnung. Aber sie musste etwas tun.

Auf einmal blinkte eine Nachricht in ihrem Forum-Postfach auf. Ihr Atem stockte.

> »Lieber Hexenhammer, vielen Dank, dass Sie sich für die Gruppe »Salem« interessieren. Das ist eine geschlossene Gruppe. Bitte haben Sie Verständnis dafür, dass dort Teilnehmer miteinander diskutieren möchten, die bereits länger in diesem Forum angemeldet sind und sich viele Jahre kennen. Ihre Aufnahme wird daher leider nicht gestattet.«

Auch das noch. Die Gruppe wäre eine Möglichkeit gewesen, ihn aus der Reserve zu locken. Außerdem hatten sie darin über Hannah Klarenheim diskutiert. Sie stellte ihren Rechner auf dem Couchtisch ab und streckte sich auf ihrem Sofa aus. Die Uhr neben ihrem Fernseher zeigte kurz nach zwanzig Uhr. Sie war frustriert und gleichzeitig müde. Na gut, sie könnte ja für zehn Minuten die Augen schließen.

Lautes Krachen riss sie aus dem Schlaf. Jemand zerstörte ihre Wohnungstür. Sie schoss instinktiv hoch, und ihr Herz raste.

Doch mit jeder Sekunde, mit der ihr Wohnzimmer mehr Konturen annahm, wurde sie wacher, und ihr Verstand begann zu arbeiten. Es war kurz nach 21.30 Uhr. Das war kein Krachen, jemand klopfte an die Tür. Sie stand auf, schlich vorsichtig hin und öffnete sie einen kleinen Spalt.

»Deine Haustür unten schließt nicht richtig.«

Draußen stand Daniel. Charlotte guckte ihn entsetzt an.

Er war irritiert. »Es tut mir leid. Habe ich dich erschreckt?«

»Nein, schon gut. Was willst du denn?«

Daniel rieb sich an der Schläfe. »Ich dachte, ich schaue mal nach dir und was du so recherchierst. Wenn es dir nicht passt, gehe ich wieder. Ich hätte vorher anrufen sollen.«

Charlotte machte die Tür weiter auf. »Nein, kein Problem. Komm rein!«

Er zog sich im Flur die Schuhe aus, und Charlotte setzte sich wieder aufs Sofa im Wohnzimmer.

»Ich habe einen Verdacht.«

Er kam ihr hinterher und musste lächeln. »Wie praktisch. Und das ohne LKA.«

Er verschwand noch einmal und kam mit einem Stuhl aus der Küche zurück.

»Na dann, erzähl mal!«

Sie schob den Laptop in seine Richtung und zeigte ihm alles, was sie im Laufe des Tages rausgefunden hatte. Er hörte aufmerksam zu.

»Ich bin eine Hexe. Häh, häh! Das sagt deine Ex, wenn sie sich nachts schlafen legt und die Dämonen über sie kommen.«

»Der Kommentar ist von 2011«, warf Daniel ein.

»Du musst gleich das Forum anschreiben und dir die Identität dieses Mannes geben lassen.«

»Das ist komplizierter, als man denkt.« Daniel blieb ruhig und dachte einen Moment nach. »Warst du schon in dieser ›Salem‹-Gruppe?«

»Das habe ich versucht. Die nehmen nur Leute auf, die bereits länger im Forum angemeldet sind.«

Er nahm den Laptop auf seine Beine. »Ich darf doch mal.«

»Ja, sicher.«

Er scrollte hoch und runter und zog seine Stirn wieder in Falten. »Kannst du das nicht hacken?«, fragte er.

»Wie bitte?«

»Du bist doch Online-Redakteurin.«

Charlotte war verdutzt. »Und?«

Daniel achtete nicht auf sie. »Hast du nicht Informatik studiert?«

»Ich habe Publizistik studiert! Das ist ja wohl ein Witz. Glaubst du wirklich, dass Online-Redakteure wissen müssen, wie man eine Website programmiert?«

Er guckte sie überrascht an. »Okay, ich habe verstanden.«

»Das ist so typisch. Online-Journalismus wird überhaupt nicht ...«

Er legte seine Hand auf ihren Kopf. »Bitte, Exit-Knopf. Ich habe das begriffen. Du hast Publizistik studiert und kannst nicht hacken.«

Charlotte hörte auf. Sie ließ sich auf das Sofa fallen und zog die Decke über sich.

Er konzentrierte sich wieder auf den Laptop. »Nein, das ist doch krank.«

Sie schreckte hoch. »Was?«

»Nichts.«

»Du kannst nicht immer Nichts sagen.«

Er lächelte kurz zu ihr rüber. »Ich dachte, das wäre der Deal.«

»Hm ...«

Er war wieder nachsichtig. »Guck dir mal dieses Profilbild an. Diese dämliche Ritterfigur steht im Garten von meinem Onkel.«

»Wirklich?«

»Ja, zu hundert Prozent. Ich kenn doch seinen Garten, und so etwas hat garantiert kein zweiter Typ in Deutschland. Außerdem sieht man sein blaues Garagentor im Hintergrund. Dieser Volltrottel.«

»Dein Onkel ist in einem Männerrechtler-Forum?«

»Das wusste ich auch nicht. Aber wundern tut es mich nicht.«

»Warum nicht?«

Daniel nahm den Laptop hoch und schlug die Beine übereinander. »Ach, der war schon immer bekloppt. Die Sprüche von dem kann man sich nicht anhören. Meine arme Tante hat sich auch von ihm scheiden lassen. Aber erzähl das keinem bei der Polizei, okay? Das ist mir echt unangenehm.«

»Haben wir jetzt doch Geheimnisse?«

»Nur dieses kleine.«

»Nette Verwandtschaft hast du da. Geh doch mal auf sein Profil und guck, in welchen Gruppen er ist.«

Er klickte. »Seit 2005 ist bereit angemeldet. Gott! Wo stehen denn die Gruppen?«

»Auch im Profil. Weiter unten.«

»Gruppen: Scheidung. War ja klar. Folterlesben?«

»Da ist ›ritzelbaeki‹ auch drin.«

»Hannover. Warum gibt es eine Gruppe Hannover?«

»Ist doch egal.«

»Dead man walking ... Die sind wirklich bekloppt. Nein! Und hier: Salem!«

»Salem?«

»Ja, genau.« Er strahlte. »Den ruf ich gleich an. Der soll mir sein Passwort geben, der Idiot. Dann geht alles schneller.«

Er holte sein Handy aus seiner Hosentasche und ging in die Küche. Charlotte versuchte zu lauschen, aber sie hörte nicht viel. Ein langes Gespräch war es sowieso nicht. Er kam zurück.

»Warst du erfolgreich?«

»Nein, aber ich fahre sofort zu ihm.«

Charlotte sprang hoch und strich ihr Kleid glatt.

»Super.«

Er starrte sie an. »Ich fahre dorthin. Du bleibst hier.«

»Wieso darf ich nicht mit?«

»Das sind polizeiliche Ermittlungen.«

»Eben hast du gesagt, es wäre ein Geheimnis.«

»Du verdrehst alles.«

»Das hier ist auch meine Recherche. Wir haben gerade nur eine Schnittmenge.«

Sie faltete ihre Decke zusammen und legte sie aufs Sofa. »Ich geh noch schnell ins Bad.«

Er rollte mit den Augen.

Als sie die Autobahn verließen, wurde es dunkel. Charlotte konnte überhaupt nicht erkennen, was links und rechts neben der Straße lag. Sie bogen in ein Waldstück ein, und alles Licht war weg. Auf dem kleinen Weg lagen Tannenzapfen rum, und ein Kaninchen rannte im Gras um sein Leben. Mitten im Nichts hielt er. Vor ihnen stand ein Ritter aus Holz.

»Wir sind da«, sagte er.

»Das ist gruselig hier.«

Er nahm sein Handy in die Hand und tippte etwas.

»Du brauchst keine Angst zu haben. Mein Onkel fürchtet sich am meisten vor sich selbst.«

Sie stieg aus, und ihre Augen gewöhnten sich an die Dunkelheit. Sie erkannte ein winziges Haus mit einem spitzen Dach und einem kleinen Garten. Überall lag Zeug rum. Eine große blaue Tonne war umgefallen, Holz stapelte sich an einer Wand, und auf dem Rasen lag ein wilder Haufen aus Metallstücken. Die Luft roch nach verbranntem Holz. Sie blickte zurück und sah durch die Kiefern, dass noch mehr Häuschen in dieser Art an der Straße standen. Daniel ging vor und klopfte laut an die Tür. Charlotte stellte sich dazu. Sie wollte auf keinen Fall allein zurückbleiben. Er haute noch einmal gegen die Tür, aber es dauerte eine Weile, bis sich etwas im Haus tat. Dann sahen sie, wie innen ein Licht anging und jemand langsam zur Tür schlurfte. Die Außenbeleuchtung sprang an, und die Haustür öffnete sich.

Ein Mann Ende sechzig stand vor ihnen. Er war klein und dick und trug einen blau-weiß gestreiften Schlafanzug, darüber hatte er einen ebenfalls gestreiften, braun-gelb-weißen Bademantel gezogen. Seine

Füße steckten in Pantoffeln. Sein spärliches Haar stand nach allen Seiten ab.

»Onkel Klaus. Hallo! Darf ich reinkommen?«, fragte Daniel.

»Daniel?« Er rieb sich die Augen. »Verflucht, was machst du mitten in der Nacht hier?«

»Ich habe was mit dir zu besprechen. Dringend!« Sein Onkel starrte sie an, als stünden Außerirdische vor ihm.

Daniel drehte sich plötzlich zu Charlotte. »Ach ja, das ist meine Kollegin, äh, Frau Schulze.«

»Hauptkommissarin Schulze.« Sie streckte ihm die Hand entgegen, aber er guckte nur entsetzt.

»Das geht jetzt nicht.«

»Doch, das geht«, sagte Daniel.

Daniels Onkel wackelte auf der Stelle leicht hin und her. »Okay, aber ich muss kurz ... ich leg noch schnell ein paar Briefe weg. Bin gleich wieder da.« Er schloss einfach die Tür.

Daniel drehte sich zu Charlotte. »Hauptkommissarin? Das ist über Oberkommissar.«

»Ach echt? Das sagen die immer im ›Tatort‹.«

Daniel lächelte kurz. »In Ordnung. Dann bist du jetzt meine Vorgesetzte.«

Onkel Klaus stand wieder in der Tür. »Komm rein, ich habe leider nicht mit Besuch gerechnet.«

»Das macht nichts«, sagte Daniel.

Charlotte sah sich um, drinnen sah es ähnlich chaotisch wie draußen aus. Bücher, Tierfiguren, Plastikmüll und Technikkram. Ein paar Briefe waren hier wohl das geringste Problem. Er führte sie zu einer Sitzecke, die vermutlich noch aus den Siebzigern stammte. Er räumte ein paar Zeitungen zur Seite, und sie setzten sich.

Onkel Klaus musterte sie einen Moment. »Was gibt es denn so Dringendes, dass du mich mitten in der Nacht aus dem Schlaf reißt?«, fragte er Daniel. Er griff nach einer Flasche Rotwein, die auf der Fensterbank stand. »Willst du auch?«

»Nein, danke. Ich bin mit dem Auto da.«

Daniels Onkel goss sich den Rest der Flasche in ein benutztes Glas. »Deine kleine Hexe kann doch zurückfahren.«

Daniel kniff die Augen zusammen. »Das ist Hauptkommissarin Schulze, keine Hexe.«

Er lachte auf. »Die hat dich aber gut im Griff.«

Er deutete mit der leeren Flasche auf sie. »Haben Sie schon mit ihm geschlafen?«

Daniel wurde sauer. »Red nicht so einen Mist!«

Sein Onkel lachte noch lauter und starrte Charlotte dann direkt auf die Brust.

Daniel wurde streng. »So, und jetzt reden wir mal vernünftig. Du bist in einem Forum angemeldet, das ›Männeruniversum‹ heißt. Ich brauche von dir dein Passwort, damit ich dort unter deinem Namen recherchieren kann.«

»Dann zeig mir doch einmal deinen offiziellen Schrieb vom Richter dafür.«

Daniel ballte die Fäuste zusammen. »Ich habe keinen, sonst säße ich nicht hier. Du wirst mir dein Passwort geben, damit ich deinem Sohn nicht sagen muss, wo du dich im Netz rumtreibst. Ist das klar?«

Er zuckte zusammen. »Ja, ja.« Er schob seinen Bademantel zusammen. »Aber nicht, dass du damit schlimme Dinge machst.«

»Ich schreibe bestimmt keine schlimmeren Dinge als du.«

Onkel Klaus stand auf und trottete zu einer Anrichte aus Eichenholz. Unter einem Haufen Papier zog er einen Laptop hervor. Er kam zurück und startete den Computer. Daniel und Charlotte guckten stumm zu. Als der Laptop hochgefahren war, klickte er rum und schrieb etwas auf einen Zettel.

»Hier hast du es.«

»Danke!« Daniel zog den Laptop zu sich und probierte es selbst noch einmal aus.

Charlotte merkte sich schnell das Passwort, sagte aber nichts.

»Was hast du denn damit vor?«

»Ich suche jemanden. Mehr kann ich dir leider nicht verraten. Aber ich melde mich, wenn wir damit durch sind.«

»Ist gut. Du bist bestimmt ein guter Polizist.«

»Ja, bin ich.« Er stupste Charlotte an. »Komm wir gehen.«

Sie stand auf und ging durch das Chaos wieder zurück. Als Daniel und sie draußen waren, stand sein Onkel noch in der Tür. »Aber die Hexe schreibt nicht unter meinem Namen.«

»Nein, das macht Frau Schulze nicht«, sagte Daniel.

»Als Hauptkommissarin und gleichzeitig Hexe sollten Sie allerdings aufpassen.« Das konnte sie nicht auf sich sitzen lassen.

Daniels Onkel guckte verärgert von einem zum anderen. Dann blieb sein Blick auf Daniel hängen. »Was macht eigentlich deine Mutter?«

Daniels Atem stockte kurz. »Sie ist vor sieben Jahren gestorben. Das weißt du doch.«

Er kratzte sich an der Stirn. »Ach ja. Entschuldige noch mal, dass ich nicht bei der Beerdigung war.«

»War wahrscheinlich besser so.«

Er klopfte ihm auf den Arm. »Ich hoffe, du hast ihr wenigstens eine Flasche Schnaps mit in den Sarg gelegt.« Er grinste. »Nicht, dass sie auf dem Weg ins Jenseits schon den ersten Entzug hatte.« Er schlug seine Haustür mit großer Wucht zu. Charlotte hörte, wie von innen abgeschlossen wurde.

Daniel stand da und bewegte sich nicht. Das Licht am Haus ging aus. Aber von innen wurde eine Gardine zurückgezogen.

Kapitel 12

Sie hörte ihn in der Dunkelheit atmen und wusste nicht, was sie machen sollte. Sie setzte sich zurück ins Auto, und er ließ sich lautstark auf den Fahrersitz fallen. Dann fuhr er viel zu schnell von der dunklen Einfahrt runter. Ihr wurde flau im Magen. Ein Vogel flatterte dicht an ihrer Scheibe vorbei.

»Pass doch auf!«, schrie sie.

Er bremste scharf und blieb abrupt auf der Straße stehen.

Sie atmete durch.

Mit seinem Ärmel strich er sich über die linke Wange und startete das Auto.

»Ich will dir etwas zeigen«, sagte er wieder ganz ruhig.

Charlotte hatte keine Ahnung, was er wollte, aber er fuhr sehr langsam in den Wald hinein. Nach wenigen Metern bog er links ab, und sie erkannte trotz der Dunkelheit ein braunes Schild, auf dem »Hügelgräber Addenstorfer Heide« stand. Als sie anhielten, öffnete er das Fach vor ihrem Sitz und holte zwei Taschenlampen raus.

»Hier. Eine ist für dich.«

Charlotte wäre am liebsten sitzen geblieben. Aber sie wollte kein Spielverderber sein und leuchtete in die Bäume. Sie sah hohe Kiefern, die sich leicht im Wind bewegten, und hörte, wie es im Unterholz raschelte. Ihr wurde kalt, und sie zog ihre Daunenjacke fester um sich. Plötzlich blickte sie in zwei dunkle Augen. Sie erschrak und fiel zurück an die geschlossene Autotür.

»Was ist?« Daniel stand neben ihr.

»Da waren zwei Augen.«

»Wo?«

»Da gegenüber.«

Sie deutete in die Dunkelheit, obwohl das sinnlos war.

Daniel leuchtete in die Weite und entdeckte im Baum eine Eule.

Sie hob ihre Flügel und flog davon. Er drehte sich um und ging.

»Es ist gleich hier«, rief er ihr zu.

Sie musste erst einmal durchatmen und hätte sich am liebsten nicht vom Fleck bewegt. Aber wenn sie ihm nicht folgen würde, wäre sie hier ganz allein. Sie leuchtete auf den Waldboden und machte kleine Schritte nach vorn. Überall lagen Äste und Tannenzapfen verstreut. Dann sah sie eine Informationstafel: »Grabanlage, Bronzezeit«. Daniel war weg.

»Wo bist du denn?«, schrie sie in die dunkle Nacht.

»Hier.«

Sie leuchtete in die Ferne. Er stand da – und um ihm herum war ein großer Kreis aus Steinen.

»Komm her«, sagte er ganz ruhig.

Sie blieb einen Moment stehen. Dieser Steinkreis wirkte unheimlich.

»Na, komm schon. Ich bin hier. Dir wird nichts passieren.« Er leuchtete sie mit seiner Taschenlampe an.

Sie zögerte und stieg über den Rand. Als sie vor ihm stand, sah sie zwei große Steinblöcke. Er setzte sich auf einen, der aussah wie ein bepflanzter Sarg. Sie blieb lieber stehen.

Er fing an zu erzählen.

»Als ich noch klein war, sind meine Mutter und ich ein- oder zweimal im Jahr zu meinem Onkel und meiner Tante gefahren. Die haben in dem Haus zusammengelebt.«

Er deutete zurück.

»Und wenn sich alle mal wieder gestritten haben, sind mein Cousin und ich weggerannt und haben hier gespielt. Am liebsten im Dunkeln wie jetzt. Wir hatten Taschenlampen dabei und haben ›Star Wars‹ nachgemacht. Das Imperium war der böse Wald und der Steinring unsere große Bühne, auf der sich alles entschieden hat. Hinterher gab's dann immer Ärger.«

Sie war froh, dass er ihr so etwas Harmloses erzählte.

»Das ist eine schöne Geschichte«, sagte sie und drehte sich um in seine Richtung.

Er machte eine Pause. »Ich möchte nicht darüber reden, was mein Onkel gerade gesagt hat, okay? Kannst du es bitte auch nicht gegenüber meinen Kollegen erwähnen, falls du sie noch einmal siehst?«

Sie presste die Lippen aufeinander.

»Nein, das mache ich nicht. Versprochen.«

Er murmelte etwas und leuchtete auf den Boden. Irgendetwas musste sie tun. Dann trat sie einfach ein paar Schritte zurück und blendete ihn mit ihrer Taschenlampe.

»Aber du musst mir schon zeigen, ob du überhaupt kämpfen kannst. Schließlich müssen wir einen Mörder in den Knast bringen. Oder dem Imperium ausliefern.«

Sie hörte ihn leise lachen. Er stand auf und flackerte zurück. Sie triumphierte vergnügt und ging weiter zurück. Aber sie hatte einen Ast im Boden nicht bemerkt und verlor das Gleichgewicht. Mit einem Ruck landete sie auf dem kalten Waldboden. Er war in zwei Schritten bei ihr, hielt sie am Arm und zog sie hoch. Als sie wieder stand, klopfte sie sich den Dreck ab. Er zupfte ein Blatt weg.

»Komm, wir fahren wieder«, sagte er.

»Das ist eine gute Idee«, antwortete sie laut.

Er ging vor, und sie hatte dieses Mal keine Angst mehr, ihm zu folgen. Er war nur so schnell. Sie musste richtig laufen.

Ruck!

Sie konnte sich nicht mehr bewegen. Irgendetwas war geschehen. Sie versuchte sich umzudrehen, aber da war ein Widerstand. Dann hörte sie den Atem. Jemand hielt sie von hinten fest. Ihr Herz begann zu rasen. Der Mensch, der sie umklammerte, war dick und roch nach Alkohol und Knoblauch. Sie versuchte zu schreien, aber sofort war eine

Hand vor ihrem Mund ... Sie musste würgen. Jetzt wurde sie nach rechts gezogen. Ein Schmerz schoss durch ihren Arm, von der Schulter bis zu ihren Fingern.

Sie versuchte sich wieder zu bewegen, aber es ging nicht. Wo war bloß Daniel?

Sie wurde an den Haaren zurückgerissen. Charlotte schrie laut auf.

»Du Hexe, wenn du mir blöd kommst, mache ich dich fertig!«

Sofort erkannte sie die Stimme von Daniels Onkel. Er schubste sie brutal nach unten und ließ sie los. Charlotte sackte zusammen, legte sich auf den Boden und fühlte sich ganz weich.

Um sie herum begann es zu leuchten. Das Licht wurde immer heller. Und heller. Und grell. Sie rieb sich die Augen.

»Charlotte, geht es dir gut?«

Sie blinzelte und lehnte sich auf. Ihr rechter Arm schmerzte noch leicht. Daniel strahlte sie mit der Taschenlampe an und schaute in ihre Augen. Sie kniff die Lider zusammen und schluchzte.

»Dein Onkel hat mich angegriffen.«

»Ich weiß. Diese Saubacke. Der hat von mir schon eins aufs Maul bekommen. Aber jetzt ist er weg.«

Sie stand auf und schüttelte ihren Arm.

»Ist alles in Ordnung? Geht es dir gut?«

Er legte eine Hand auf ihre Schulter, und sie schauten sich für einen kurzen Moment direkt in die Augen.

»Ja, geht schon. Kein Problem.«

Er nahm seine Hand wieder zurück.

»Komm, wir fahren zurück und vergessen den Typen einfach, okay? Nach Hamburg kommt der garantiert nicht.«

Richtig. Sie würde sich von so einem Mann bestimmt nicht einschüchtern lassen.

Kapitel 13

Daniel klickte sich durch die Unterhaltungen in der Gruppe »Salem«. Er fand überhaupt nichts interessant. Klar, dort hatten ein paar Typen über Hannah Klarenheim gelästert. Wie hässlich sie sei, dass sie keine Ahnung habe und so weiter. Aber die Diskussionen waren weder besonders ausführlich noch mit gewalttätigen Ausdrücken geschrieben.

Es war frühmorgens, und er hatte wenig geschlafen. Dafür hätte er nachts nicht zu seinem Onkel fahren müssen.

Sollte er zur Oberstaatsanwältin gehen und sie bitten, einen Beschluss zu verfassen, um die Identitäten der Männer zu ermitteln? Der Gruppenname »Salem« tauchte zufällig auch in einem der rund neuntausend Shitstorm-Kommentare auf, und eines der Mitglieder hatte 2011 in einer anderen Diskussion einen Satz geschrieben, der ebenfalls beim Mordopfer im Schlafzimmer zu finden war. »Ich bin eine Hexe.« Der Spruch war, ehrlich gesagt, ziemlich banal und nicht besonders speziell. Die Oberstaatsanwältin würde vermutlich nur müde lächeln und sich anderen Beweisen zuwenden.

Er könnte ja Ben bei Gelegenheit fragen. Besser wäre es, er konzentrierte sich wieder auf seine Vernehmungen. Florian hatte ein Geheimnis, da war er sich sicher. Schließlich hatte dessen Vater Andeutungen gemacht. Hannah Klarenheim sei besser als jemand anders gewesen. Aber wer? War das relevant für den Mord?

Er klickte das Forum weg und machte sich auf den Weg zur Tiefgarage. Zur gleichen Zeit loggte sich ein neues Mitglied in die Gruppe »Salem« ein, aber das registrierte Daniel nicht mehr.

Er stand vor einer Villa im Stadtteil Othmarschen und betrachtete sie. Der quadratische Bau war zwar groß, wirkte aber gleichzeitig wie ein normales Familienhaus. Stämmige Bäume standen ringsum im Garten, als wollten sie das Grundstück beschützen. Hier hatte Florian sicherlich früher gespielt. Daniel konnte sich fast das Lachen von Kindern vorstellen.

Er stieg aus seinem Auto und zog den Reißverschluss seiner Lederjacke hoch. Es war saukalt heute.

An der Eisenpforte klingelte er. Nichts geschah.

»Hallo! Ist jemand zu Hause?«, rief er einfach in den Garten. Etwas idiotisch, dachte er selbst.

Aber eine Frau erschien. Sie war vielleicht Mitte sechzig, hatte eine akkurate braune Bob-Frisur, trug eine dicke Daunenjacke und Gartenhandschuhe. Arbeitete sie etwa bei diesen Temperaturen draußen?

»Ja, wer sind Sie?«

»Guten Tag! Ich bin Daniel Zumsande. Landeskriminalamt Hamburg. Darf ich reinkommen?«

Er zeigte ihr seinen Dienstausweis.

»Aber es ist niemand da außer mir. Wollen Sie meinen Mann sprechen?«

»Sind Sie Frau Köhler? Die Mutter von Florian?«

»Ja, richtig.«

»Ich würde mich gern mit Ihnen unterhalten.«

Sie blieb erst wie angewurzelt stehen, ging dann aber auf das Tor zu.

»Natürlich, kein Problem.«

Sie schloss ihm auf, und er betrat den Vorgarten.

»Haben Sie etwa im Garten gearbeitet?«

»Ja, entschuldigen Sie. Ich habe nur ein paar Zweige weggeschnitten. Das ist besser, als die ganze Zeit drinnen zu sitzen.«

»Verstehe. Geht Ihnen der Tod der Verlobten von Florian nah?«

Ihre Augen waren reglos. »Es tut mir sehr leid für meinen Sohn. Er leidet jetzt so.«

»Was war Ihr Eindruck von der Beziehung?«

Sie erschrak. »Warum fragen Sie das? Ist Florian verdächtig?«

»Nein, wir wollen nur Hannahs Umfeld so gut wie möglich verstehen.«

»Ich muss kurz etwas wegräumen, tut mir leid.«

Sie drehte sich um, spazierte über den Rasen und ging langsam auf einen Schuppen zu. Dort lagen eine Gartenschere und Zweige auf dem Boden. Sie packte ein paar Hölzer und warf sie in einen offenen Verschlag.

Daniel war ihr gefolgt.

»Ich denke, Florian mochte ihre Stärke. Hannah war sehr selbstbewusst, und das hat ihm gutgetan. Die beiden haben sich sehr schnell ineinander verliebt.«

»Wie fanden Sie Hannah?«

Sie drehte sich um und sah ihm direkt in die Augen. »Sehr sympathisch. Wirklich. Ich mochte sie.«

Wieder war alles so glatt.

»Hatte Florian eine Ex-Freundin, mit der etwas nicht abgeschlossen war? Oder eine andere besondere Liebesgeschichte aus der Vergangenheit?«

Sie schaute wieder weg und nahm die Schere hoch. »Nein, nicht, dass ich wüsste. Aber unser Sohn ist siebenunddreißig Jahre alt. Er erzählt natürlich nicht alles.«

»Frau Köhler, ich habe den Eindruck, dass Ihre Familie etwas verschweigt. Aber es ist enorm wichtig, dass Sie offen zu mir sind. Es ist ein Mord passiert. Das heißt nicht, dass Ihr Sohn verdächtig ist, aber jeder Hinweis führt uns einen Schritt weiter.«

Sie wischte mit ihrem Handschuh die Gartenschere sauber. Dabei sagte sie einfach nichts.

»Frau Köhler ...«

Ganz langsam schaute sie auf. »Ich weiß nichts mehr. Mein Sohn ist ein sehr besonderer Mann.«

»Was meinen Sie mit ›besonders‹?«

»Sensibel, ja, er ist sehr feinfühlig. Er hat mit diesem Mord nichts zu tun. Bitte seien Sie behutsam mit ihm, und finden Sie schnell den Täter.«

Das Gespräch war offensichtlich für sie beendet.

Daniel öffnete seine Jacke und griff in seine Innentasche. »Wenn Ihnen doch noch etwas einfällt, rufen Sie mich bitte an. Hier haben Sie meine Nummer.«

»Ist gut, das mache ich.«

Als Daniel wieder im Auto war, fluchte er. Er hatte Florians Eltern und einige Freunde befragt. Keiner sagte etwas. Dann musste er eben ihn selbst noch einmal mit der Frage nach einer früheren Beziehung konfrontieren.

Er traf ihn, als er in seiner Wohnung auf dem Boden hockte und Tapeten abriss. Florian wischte sich die Hände an der Jeans ab und begrüßte ihn freundlich.

»Ich bin noch krankgeschrieben. Aber es tut mir gut, etwas zu machen.«

»Das ist bestimmt eine gute Entscheidung. Darf ich Sie etwas fragen?«

»Noch einmal? Natürlich. Aber mein Leben ist gar nicht so interessant.«

Die beiden Männer standen sich in diesem chaotischen Flur gegenüber, und Daniel versuchte herauszufinden, was in Florians Kopf abging. Aber er gab ihm nicht viele Hinweise. Er wirkte mitgenommen, aber gleichzeitig normal.

»Herr Köhler, ich sage es geradeheraus. Ich habe das Gefühl, dass Sie und Ihre Familie mir etwas verheimlichen. Und zwar etwas, was mit Ihrer Vergangenheit zu tun hat. Hatten Sie vor Hannah eine schwierige Beziehung oder war eine Ex-Freundin noch relevant für Sie? Gab es Ärger wegen Ihrer Blitzverlobung?«

Florian sah ihn einfach an und betrachtete danach seine Hände.

»Ich muss sie kurz waschen.«

Er verschwand, und Daniel stand allein im Flur.

»Ich mach uns kurz Kaffee. Wollen Sie heute einen?«, rief Florian aus dem offenen Badezimmer.

»Ist recht.«

»Setzen Sie sich doch ins Wohnzimmer. Da sieht es nicht so schlimm aus.«

Daniel nahm wieder auf dem Ledersessel Platz, auf dem er gestern schon gesessen hatte. Überall standen Kartons herum, und einige Möbel waren mit Plastikfolie eingepackt. Aber der Raum war riesig. Die ganze Wohnung würde renoviert bestimmt beeindruckend aussehen.

Florian kam bald zurück und stellte Daniels Kaffee auf einem Karton ab. »Es gab keine andere Frau. Aber Traditionen sind in meiner Familie eben wichtig. Mein Bruder hat bereits geheiratet, als er achtundzwanzig Jahre alt war. Er ist Anwalt in einer Großkanzlei, und er und seine Frau haben inzwischen zwei Kinder. Es passte meinen Eltern einfach nicht, dass ich immer wieder Trennungen hatte.«

»Ist das wirklich alles, Herr Köhler?«

»Ja, mein Liebesleben ist leider ziemlich langweilig. Was soll ich sagen? Von der schnellen Verlobung mit Hannah mal abgesehen.«

»Warum wollten Sie beide denn so zügig heiraten?«

»Wir waren einfach verliebt. Mit ihr hat alles gepasst. Ich fühlte mich zum ersten Mal total angenommen.«

»Bei wem war das denn nicht so?«

In diesem Moment kippte seine Tasse um, die er gerade anheben wollte. »Ach Mist, ich bin gleich zurück.«

Daniel seufzte innerlich. Das würde heute nicht mehr viel bringen. Er schaute sich leicht frustriert um und dachte darüber nach, wie er nun taktisch vorgehen müsse. Da fiel ihm ein Stapel Post auf. Ganz unten lag ein offenes Blatt. Daniel zog es hervor und sah ein großes Herz. »Ich bin immer für dich da«, stand dort mit schnörkeliger Schrift geschrieben.

Florian kam zurück und sah Daniel. Er schaute weg und rieb auf dem Karton herum, auf dem sich noch verschütteter Kaffee befand.

»Wer hat das geschrieben, Herr Köhler?«

»Nur eine gute Freundin. Ich kriege von fast allen Freunden Post, Mails und so weiter. Alle wollen mir helfen. Das ist sehr nett.«

»Dieser Brief hat ein Herz. Geht es dabei nur um freundschaftliche Hilfe?«

»Ja!«

Er setzte nach.

»Frauen sind ja manchmal etwas kitschig. Ich hatte keine andere Freundin. Glauben Sie mir. Sie können alle fragen. Ich habe Hannah geliebt.«

Daniel wusste, dass er die Antwort hier nicht finden würde. Aber er hatte plötzlich eine Idee, wie er ihn ein bisschen unter Druck setzen könnte.

Kapitel 14

Wie bescheuert! Charlotte starrte auf ihr Handy. Sie hatte Daniel eine WhatsApp geschrieben und ihn gefragt, ob sie weiter in der Gruppe »Salem« recherchieren sollten.

»Dieser Hinweis wird eventuell polizeiintern bearbeitet. Ich werde mich bei dir melden, wenn das LKA dich als Zeugin noch einmal braucht«, hatte er nur knapp geantwortet.

»Eventuell«, das klang nach »Ist mir egal«.

Dann eben nicht.

Er wusste ja nicht, dass sie sich selbst das Passwort von Daniels Onkel für die »Salem«-Gruppe gemerkt hatte.

Sie wollte sich gerade einloggen, als Eugen anrief. Er klang ganz aufgeregt.

»Es gab letzte Nacht viele Kommentare unter den Artikeln von uns, besonders unter deinen.«

Charlotte sagte nichts, weil sie das nicht besonders aufregend fand. Das passierte schon einmal, wenn ein Artikel verlinkt wurde und neue Aufmerksamkeit bekam.

Aber sie versprach, sofort zu kommen. Als sie in der Redaktion ankam, schaute sie sich alles an und konnte Eugen beruhigen. Es hatten sich nur ein paar User über die angeblich schlechte journalistische Qualität beklagt.

Das sind kurze Unterhaltungs-Stücke für Social Media, dachte Charlotte. Die haben tatsächlich keine Qualität. Gut, öffentlich musste man das natürlich anders erklären.

Eugen wandte sich wieder anderen Dingen zu, und sie setzte sich an ihren Schreibtisch im Büro.

Jetzt aber, dachte sie, auf nach »Salem«.

Sie loggte sich als Onkel Klaus ein und las sich durch die Beiträge.

Mist, keiner erwähnte etwas Gewalttätiges gegenüber Hannah Klarenheim. Das wäre vermutlich auch zu offensichtlich gewesen, wenn sich ihr Mörder in einem Forum dazu äußerte. Sie ärgerte sich trotzdem. Auf einmal wurde »Onkel Klaus« von einem Nutzer angeschrieben.

»Hey, ich bin neu in dieser Gruppe. Was treibt dich hierher?«

Was sollte sie antworten? Sie hatte keine Ahnung.

»Ich interessiere mich für Hexen.:-)«

Sie schaute sich an, was sie geschrieben hatte und fand es auf einmal total dämlich.

»Ach so.«

Der Neue schrieb nichts mehr.

Wie peinlich. Sie guckte sich sein Profilbild genauer an. War das ein Caesar in Rot und Blau?

Sie suchte seinen Usernamen und las »Aristoteles89«.

Uuups, ein anderer Mann aus der Antike. Okay, aber das passte. Der Philosoph war schließlich bekannt für seine frauenfeindlichen Thesen, die zugegebenermaßen fast alle großen Gelehrten seiner Zeit hatten.

Charlotte betrachtete noch einmal die Sätze, die »ritzelbaeki« geschrieben hatte. Er war ihr als Erstes im Forum aufgefallen.

Eine Stelle ließ sie aufhorchen. Er und ein »nairolf« hatten beschlossen, sich eine private Nachricht über das Forum zu schreiben. Was war das für ein Typ? Sie klickte auf sein Profil.

Username: nairolf, angemeldet seit: 02/2018, Anzahl der Beiträge: 43, Gruppen: Salem, Hamburg.

Hey, dieser User war erst seit Februar im »Männeruniversum« und durfte schon »Salem« beitreten? Das war gemein, ihren Bruder hatten sie abgewiesen.

Ob er wohl ein paar Vorzugsrechte hatte? Aber warum?

Hm, »nairolf«, »nairolf« – irgendetwas war komisch an dem Usernamen. Sie schrieb die Buchstaben auf ein Papier und erkannte es. Es war rückwärts für Florian. Florian! So hieß doch auch der Verlobte von Hannah. Aber ob er es wirklich war? Was trieb er in einem Männerrechtler-Forum? Hatte er sich mit »ritzelbaeki« verabredet?

Ihre Gedanken kreisten wild. Daniel dürfte sie vermutlich nicht mit ihren Spekulationen kommen. »Das wird polizeiintern bearbeitet«. Beziehungsweise gleich vergessen. Und der Verlobte stand vermutlich auch nicht im Fokus der Ermittlungen.

Aber sie hatte das Gefühl, dass sie an der Sache dranbleiben sollte. Nur was tun? Als »Onkel Klaus« könnte sie »ritzelbaeki« und »nairolf« nicht direkt fragen. Das war zu platt, und im Zweifelsfall würden Daniel und der richtige Onkel Klaus es sehen und wissen, dass sie sich heimlich im Forum rumtrieb.

Charlotte dachte nach. Sie erinnerte sich an die letzten Kommentare auf *Schicksalstage*.

Sie könnte doch die Mitglieder der Gruppe ein wenig provozieren!

Sie führte selbst einen anonymen Blog über gesellschaftliche Themen. Auf dem wurde ihr Namen nirgendwo genannt. Auch kein anderer, denn sie interviewte dort oft Frauen, die unerkannt bleiben wollten. Es war ein Experiment, um möglichst ehrliche Antworten zu bekommen. Sie befragte Sexarbeiterinnen ebenso wie alleinerziehende Mütter mit finanziellen Problemen.

Sie könnte doch einen schönen Eintrag über Hannah Klarenheim schreiben, um die Männer aus der Reserve zu locken. Sie würde ein paar feministische Thesen einbauen und Hannah Klarenheim loben. Am besten machte sie auch eine Anspielung auf das »Männeruniversum«. Danach würde sie den Text unter dem Login von Onkel Klaus in »Salem« posten. Er könnte ihn »zufällig« im Internet entdeckt haben.

Perfekt. Das war eine gute Idee.

Kapitel 15

Ein Blog, der anonym geführt wurde. Bestimmt war das wieder diese Charlotte Schmidt. Sie hörte nicht auf. Hatten die Kommentare auf *Schicksalstage* nicht gereicht?

Seine Augen füllten sich mit Tränen.

Er klickte auf ein zufälliges PDF, das er in ihrem Blog entdeckt hatte. Mit der rechten Maustaste checkte er, welche Metadaten dahintersteckten. Wenn sie schlau wäre, hätte sie diese verschlüsselt. Aber die meisten dachten nicht daran. Sie auch nicht.

»Autor: Charlotte Schmidt«, stand dort.

Bitte, mach nicht weiter, dachte er.

• • •

Sie regten sich auf, aber sie verrieten nichts. Charlotte war enttäuscht.

Sie flog noch einmal über die Zeilen:

---

ritzelbaeki: Wieso schreibt sie über unser Forum?

---

brun56: Das ist so eine dumme Tussi – die hat wahrscheinlich Angst vor richtigen Männern.

Aristoteles89: Was für eine dumme Nuss!

nairolf: Ich würde nicht viel darauf geben. Ignorier die Schlampe!

ritzelbaeki: Aber sie hat ansonsten nichts über Männerforen geschrieben. Nur so ein beknacktes Zeug über irgendwelche Frauen. Das war das erste Mal.

nairolf: Vergiss es einfach, das ist Zeitverschwendung. Die Leute da draußen drehen durch und sehen jetzt überall nur noch böse Männer.

»ritzelbaeki« wurde eindeutig nervös, und »nairolf« versuchte ihn zu beschwichtigen. Ob er wirklich Florian Köhler war?

Sie ließ sich zurück auf den Stuhl fallen und atmete durch. Ihre Finger waren ganz verkrampft. Sie streckte sie aus und zwang sich, ruhig zu werden. Am besten ging sie erst einmal joggen.

Sie wollte gerade raus zur Tür, als ihr Handy klingelte.

»Hallo, Eugen!«

»Charlotte. Hallo! Gut, dass ich dich erreiche. Hattest du dir die Kommentare nicht mehr angeschaut?«

Ach Mist, die hatte sie ganz vergessen.

»Entschuldige, nein. Ich steck noch so tief in der Recherche, deshalb habe ich es nicht geschafft.«

»Könntest du gleich ins Büro kommen? Ich sitze schon mit einer anderen Kollegin zusammen.«

»Du sitzt im Büro? Am Samstagabend?«

»Ja, leider.«

»Sind es so viele geworden?«

»Ja. Komm am besten sofort.«

Als sie aufgelegt hatte, musste sie sich erst einmal setzen. Warum passierte das jetzt? Bislang hatte sie die Kommentare unter den Artikeln von *Schicksalstage* immer gut im Griff gehabt. Die Seite war auch einfach zu unwichtig. Wieso mussten die Leute jetzt austicken, wo sie gerade mit etwas ganz anderem beschäftigt war?

Sie nahm ihren Laptop und schaute sich das Schlamassel an. Es waren tatsächlich über hundertzehn an einem Tag. Das war mehr als in vielen anderen Monaten insgesamt. Sie klickte sich durch die letzten.

Abfackeln muss man diesen Laden und die Redakteure gleich mit.

Dieses Zeug ist alles erstunken und erlogen. Damit werden Menschen manipuliert, um ihnen das Geld aus der Tasche zu ziehen.

Hat diese Charlotte Schmidt überhaupt eine Ausbildung, oder hat die gleich mit Internetbetrug angefangen?

Alles Dreck!!!

Sie atmete tief durch und spürte, wie sie nervös wurde. So ging es weiter und weiter. Die Namen der Leute, die kommentierten, waren eindeutig keine Klarnamen. Bei *Schicksalstage* musste man sich nicht registrieren, um mitschreiben zu können. Es war noch nicht einmal eine E-Mail-Adresse nötig.

Sie rief schnell die Facebook-Seite von *Schicksalstage* auf und sah, dass sie dort auch angefangen hatten. Ihr Brustkorb zog sich zusammen, und ihr Magen wurde flau. Aber sie durfte sich jetzt nicht hinsetzen und darüber nachdenken. Sie würde direkt zu Eugen gehen und mit ihm reden.

Als sie in sein Büro kam, saßen er und eine Kollegin, die sie noch nicht kannte, hinter seinem Schreibtisch. Eugen hatte ein T-Shirt von Metallica an und rauchte. Der Aschenbecher neben ihm war randvoll. Die Kollegin, die er als Vera vorstellte, hatte ihre blonden Haare zu einem Dutt hochgesteckt, sie trug eine große Brille und eine weiche blaue Bluse. Sie wirkte wie ein junges schwedisches Model und nicht wie eine Social-Media-Expertin.

Charlotte wendete den Blick von ihr ab und setzte sich auf den Besucherstuhl.

»Hast du dir die Kommentare angeguckt«, fragte Eugen.

Charlotte drückte ihren Rücken durch. »Ja, ich bin zu Hause schon einmal alles durchgegangen. Ganz ehrlich, ich weiß nicht, warum das gerade jetzt passiert. Das hätte uns jeden Tag treffen können.«

Eugen blickte sie an und sah dann zu Vera rüber. Sie spitzte ihre Lippen und setzte an.

»Ich habe inzwischen alle gelöscht, die gegen unsere Netiquette verstoßen. Außerdem haben wir ein Statement auf der Seite verfasst, das sich an die Hater richtet. Zum Glück konnten wir dadurch den größten

Ansturm etwas eindämmen. In den letzten Stunden ist es zudem ruhiger geworden. Wollen wir hoffen, dass es so bleibt.«

Eugen schaute sie bewundernd an. »Vera macht das ausgezeichnet. Charlotte, könntest du am Wochenende auch noch einen Blick darauf werfen?«

»Aber wissen wir, woher plötzlich die Kommentare kommen und wer die Leute sind?«

Vera schob ihre Brille hoch. »Das kann ich leider nicht nachverfolgen. Diese Kommentar-Kultur ist ja auf einem ganz alten Stand. Ich habe Eugen schon ein neues Konzept mit Registrierung vorgeschlagen.«

Das hatte sie selbst auch schon mal versucht, aber es hatte ja niemand reagiert. Aber das sagte sie nun besser nicht.

Vera lächelte Eugen an und packte ihr iPhone in ihren blauen Fjällräven-Rucksack.

»Ganz, ganz lieben Dank, Vera! Das rechne ich dir hoch an, dass du dich heute darum gekümmert hast.«

Er war wirklich erleichtert. »Und jetzt genieß den Abend.«

Vera stand auf, gab Charlotte die Hand und verabschiedete sich.

Nun saß sie mit ihm allein im Raum, und beide hielten die Luft an.

»Hat das vielleicht mit deiner Recherche zu tun?«

»Nein!«

»Bist du sicher?«

»Ich weiß es nicht. Ich habe heute etwas in meinem Blog gepostet, was mit dem Mord zu tun hatte, aber der ist anonym.«

»Aber das kann doch kein Zufall sein.«

Charlotte dachte nach. »Ehrlich, keine Ahnung. Ich habe nichts gemacht. Es muss etwas anderes sein. Vielleicht heizt sich die Stimmung im Internet ja generell auf, und das ist nun auf uns übergesprungen.«

Eugens Gesichtszüge wurden weicher.

»Ich mache mir nur Sorgen, Charlotte. Wer weiß, welche Leute dich inzwischen auf dem Schirm haben. Halt dich am besten erst einmal zurück, okay?«

Sie sah ihn freundlich an.

»Das mach ich. Zu Hause lösche ich auch gleich den Blogeintrag.«

Draußen war es schon dunkel, und sie würde sich am liebsten gleich ins Bett legen.

Stattdessen stieg sie auf ihr Fahrrad. Die kalte Märzluft tat ihr gut. Die Alster vor ihr war so friedlich. Sie radelte langsam nach Hause und versuchte sich zu beruhigen. Diese Kommentare würden sich wieder legen. Es hatte ja anscheinend am Nachmittag bereits nachgelassen. Als sie zu Hause angekommen war, schloss sie ihr Fahrrad am Eisenzaun vor ihrer Tür ab und nahm ihre Handtasche aus dem Fahrradkorb.

Etwas müde schleppte sie sich die Treppe hoch. Als sie ihre Wohnungstür sah, blieb sie abrupt stehen. Sie war angelehnt.

Hatte sie vergessen, sie abzuschließen? Langsam ging sie näher ran und sah, dass das Licht in ihrem Flur brannte. Das hatte sie hundertprozentig vorhin ausgeschaltet. Sie schubste die Tür weiter auf und blickte dann auf das Chaos.

Ihre Vasen lagen angeschlagen auf dem Boden, die Bilder an der Wand hingen schief. Die Schubladen in der Küche standen offen, und Messer, Teller, Tassen und Servietten lagen kreuz und quer auf dem Boden. Charlotte starrte alles an und konnte doch nichts begreifen. Jemand musste bei ihr eingebrochen sein.

Sie ging ins Wohnzimmer. Der Fernseher lag umgekippt unten, und Luzifers Vogelkäfig hing schief im Erker. Der Sand war auf dem Boden verstreut. Auf einmal wurde ihr heiß – ihr Laptop!

Sie öffnete schnell ihren Sekretär und sah, dass er weg war. Ach, du Scheiße! Nein!

Sie atmete tief durch und ließ sich aufs Sofa sinken. Wieso? Wieso passierte ihr das? Wer war auf einmal hinter ihr her? »ritzelbaeki« konnte doch nichts über sie wissen. Onkel Klaus und ihr Bruder waren offiziell im Forum unterwegs.

Jetzt musste sie kämpfen, um nicht laut zu schreien.

Sie kramte in ihrer Tasche und rief Daniel an. Aber er meldete sich nicht. Gut, dann die normale Polizei. Dieses Mal dauerte es über eine halbe Stunde, bis die Beamten kamen. Sie waren alles andere als aufgeregt. Ein Einbruch? Ach so. Was geklaut? Nur ein Laptop. Hm. Das passiere hier häufiger, die Zeit sei ungewöhnlich. Dann auf Wiedersehen!

Charlotte räumte missmutig ein paar Sachen zurück in die Küchenschränke und sackte schließlich auf ihrem Stuhl zusammen. Sie nahm ihr Handy und rief ihre Freundin Kerstin an.

Doch diese ging auch nicht ran. Sie schrieb ihr eine WhatsApp und hoffte, dass sie sie bald lesen würde. Und so war es auch.

> Liebes, das ist ja schrecklich. Ich denke an dich und drück dich. Leider bin ich zurzeit in Dubai. Wir versuchen gerade, einige deutsche Spezialisten abzuwerben. Aber geh doch heute Nacht in meine Wohnung. Bitte, das ist mir lieber. Den Zweitschlüssel hast du doch noch, oder?

Charlotte schloss vom Stuhl hoch, ging wieder zum Sekretär und öffnete eine blaue Papierschachtel. Der Schlüssel war noch da. Gott sei Dank!

In der Küche klingelte ihr Handy. Sie lief zurück. Es war Daniel.

»Hallo, Charlotte! Wie geht es dir? Hast du dich von gestern erholt?«

Die Katastrophe lag schon hinter den zwei neuen zurück.

»Bei mir ist eingebrochen worden.«

»Was? Wann?«

»Gerade eben. Ich war kurz in der Redaktion. Und in der Zeit ist hier jemand gewesen und hat meinen Laptop geklaut.«

»Warte auf mich. Ich bin in zehn Minuten da.«

Als er in ihrer Wohnung ankam, ging er sofort von Raum zu Raum und sah sich alles genau an. Im Schlafzimmer blieb er stehen.

»Hast du hier schon aufgeräumt?« fragte er.

»Nein, nur in der Küche.«

»Das ist ungewöhnlich. Einbrecher sind meistens auf Schmuck und Bargeld aus. Der hier hat von deinen Sachen nichts mitgenommen.«

»Vielleicht war ihm mein Schmuck nicht hochwertig genug.«

»Das glaube ich nicht. Er hat das Schmuckkästchen nicht durchwühlt. Hattest du Bargeld in der Wohnung?«

»Nein. Es ist nur der Laptop weg.«

»War der neu?«

»Nicht wirklich.«

Daniel lehnte am Türrahmen und sah sie länger an.

»Hör mal, ich habe Angst, dass man dir mit dieser Aktion einen Schrecken einjagen wollte. Ich muss sowieso kurz nach Hause. Ich nehme dich mit, und du erzählst mir alles. Danach setz ich dich irgendwo ab, wo du sicher bist.«

Sie schaute sich um. Bislang hatte sie sich in ihrer Wohnung immer sicher gefühlt. Sie wollte nicht glauben, dass es nun anders sein sollte.

Kapitel 16

Als sie zehn Minuten später aus dem Auto ausstieg, schaute sie sich um. Diese kleine Straße kannte sie gut. Rechts und links standen wunderschöne Altbauhäuser, und eine Reihe Bäume schlängelte sich am Kopfsteinpflaster entlang.

»Eimsbüttel. Du wohnst ja ganz in der Nähe von Hannah Klarenheim.«

»Richtig. Deshalb wurde ich auch zum Tatort gerufen.«

Er holte ihre Reisetasche aus dem Kofferraum, hielt sie fest und ging vor. Seine Wohnung war unter dem Dach. Als er die Tür aufschloss, staunte Charlotte. Sein Flur war riesig, und ein großes Zimmer ging davon ab. Sie hatte erwartet, dass er kein Gefühl für Einrichtung haben würde, aber es sah gemütlich aus. Eine große Couch, ein alter Lounge-Sessel und ein Esstisch aus Holz. In einem Regal standen eine Menge Bücher, und ein paar Bilder mit bunter, grafischer Kunst waren an der Wand angelehnt. Nur ein paar Umzugskisten störten das Bild. Sie stellte sich auf den Sims eines großen Fensters.

»Ist dahinter ein Balkon?«

»Eine Dachterrasse. Du kannst ja mal gucken.«

Sie schob die Glastür zurück und sah einen geschützten, viereckigen Bereich, der fast so groß wie ihr Schlafzimmer war. In einer Ecke stand ein gewaltiger Grill.

»Mit welchem Vermieter musstest du für diese Wohnung schlafen?«, rief sie ihm zu.

»Mit keinem. Die Wohnung gehört mir.«

Sie kam zurück. »Was genau verdienst du beim LKA?«

Er lächelte kurz. »Nicht genug. Ich habe das Haus meiner Mutter verkauft und bin hierher gezogen.«

»Das hätte ich auch gemacht.«

»Hast du Hunger? Ich will etwas kochen.«

»Nicht wirklich. Aber ich werde mitessen.«

Sie setzte sich auf einen Barhocker, der zu einem hohen Tisch vor der Küchennische gehörte.

»Hast du jetzt frei? Es ist ja Samstagabend«, fragte sie.

Er lachte auf. »Ich habe erst wieder frei, wenn der Mörder in Untersuchungshaft sitzt.«

»Das dauert hoffentlich nicht mehr lang.«

Sie starrte auf den Küchentisch und hätte am liebsten ihren Kopf darauf sinken lassen.

Er kam näher zu ihr und putzte sich die Hände am Geschirrtuch ab.

»Setz dich doch schon einmal an den großen Tisch!«

Sie stand auf, und er brachte ihr Wein, deckte den Tisch und stellte Kerzen auf. Schließlich kam er mit den Tellern.

»Lass es dir schmecken«, sagte er.

Nudeln mit Garnelen. Das sah gut aus.

»Danke!«

Er nahm einen Schluck aus seinem Weinglas und schaute sie an. Sie spürte seinen Blick, aber sie konzentrierte sich lieber auf ihren Teller.

»Was ist heute alles passiert?«

Sie pickte mit ihrer Gabel in den Nudeln herum.

»Seit gestern wird unter meinen Artikeln bei *Schicksalstage* böse kommentiert.«

Er stellte das Glas ab.

»Du hast Kommentare unter deinen Artikeln, und heute ist bei dir eingebrochen worden?«

»Ja ... Ich weiß, was du sagen willst. Aber sie können doch nichts über mich rausgefunden haben. Ich habe mich unter dem Namen meines Bruders im ›Männeruniversum‹ angemeldet. Der heißt nicht Schmidt. Außerdem ist er gar nicht in ›Salem‹ aufgenommen worden.«

Daniel stand auf und holte seinen Laptop an den Esstisch.

»Wie heißt dein Bruder?«

»David von Sommerland. Aber die Mitglieder im Forum sehen nur seinen Nicknamen: Hexenhammer.«

Daniel tippte und wartete. Charlottes kurzer Anflug von Gelassenheit war wieder weg.

»Hier.« Er drehte den Bildschirm zu ihr.

Charlotte sah ein Foto von sich und ihrem Bruder. Die Zeile darunter hatte sie selber geschrieben: »Charlotte Schmidt und ihr Bruder David von Sommerland testeten das Wellnesshotel ›Sandburg‹ in Travemünde an der Ostsee.«

»Mist!«, sagte sie.

»Allerdings.«

Sie legte die Gabel auf den Teller und hielt sich die Hände vors Gesicht.

»Ich dachte, die normalen Forenmitglieder würden die echten Namen nicht sehen, höchstens ein paar Administratoren.«

»Vielleicht tun sie das auch nicht. Aber wir wissen nicht, wie gut ›ritzelbaeki‹ oder ein anderer aus der Gruppe ist. Vielleicht können die ja hacken.« Daniel überlegte einen Moment. »Wen hast du angeschrieben unter dem Namen deines Bruders?«

»Niemanden.«

»Das ist in der Tat merkwürdig.«

Charlotte rieb sich die Augen. »Da ist leider noch mehr.«

Daniel bewegte sich nicht und schaute sie nur an. »Was?«

»Ich habe mich mit dem Login von Onkel Klaus in Salem umgeschaut.«

»Wie bitte? Woher hast du das Passwort?«

»Ich habe es mir gestern gemerkt.«

»Bist du verrückt geworden? Was soll das?«

»Es tut mir leid.«

»Das ist Aufgabe der Polizei. Warum mischst du dich da ein?«

Er nahm wieder den Laptop und tippte. Als Charlotte gucken wollte, drehte er den Bildschirm weg. Daniel starrte angestrengt.

Charlotte wurde noch mulmiger.

Nach einer Weile fragte er: »Ist dieser Blogeintrag von dir?«

»Ja, aber der Blog ist anonym. Da steht nirgendwo mein Name.«

»Du hast auch geglaubt, dass man dich nicht mit deinem Bruder in Verbindung bringen kann.«

Sie schluckte. »Sei nicht böse. Es tut mir leid, ich konnte nicht anders. Ich wollte an der Spur dranbleiben. Außerdem habe ich den Verdacht, dass Florian Köhler in ›Salem‹ unterwegs sein könnte.«

Er schaute blitzartig auf. »Wie kommst du darauf?«

»Soll ich es dir zeigen?«

Er setzte sich zurück. »Du bleibst da, wo du bist.«

»Siehst du den User ›nairolf‹?«

»Ja, wieso?«

»Das ist rückwärts für Florian.«

»Hm.«

»Meinst du, das ist nur ein Zufall?«

»Keine Ahnung.«

Sie hielt die Luft an. Er schaute so streng.

»Ab jetzt hältst du dich aus allem raus, verstanden. Du loggst dich nicht mehr im Forum ein und schreibst keine weiteren Blogeinträge, okay?«

»Nein, mache ich nicht.«

»Warum guckst du so?«

»Weil du so hart zu mir bist.«

»Ich bin nicht hart, ich mache mir Sorgen um deine Sicherheit.« Er seufzte. »Ich fahr gleich zurück zum LKA. Wo soll ich dich denn hinbringen?«

In dem Moment klingelte es an der Tür. Sie schauten sich beide verdutzt an, als wären sie erwischt worden.

»Das ist bestimmt meine Nachbarin.« Daniel stand auf und ging zur Tür.

»Hi! Unten ist jemand rausgegangen, da bin ich gleich hochgekommen.«

Diese Stimme gehörte keiner alten Frau. »Ben, hallo! Was machst du hier?«

»Christoph meinte, ich solle nach Hause gehen. Aber ich wollte dich fragen, ob du mit mir die Fotos von verdächtigen Shitstormern durchgehen willst.«

Ben stapfte direkt in die Wohnung. Dann sah er Charlotte und blieb wie angewurzelt stehen.

»Frau Schmidt, das ist ja eine Überraschung!«

Daniel war schon hinter ihm.

»Bei Frau Schmidt ist eingebrochen worden. Ich vermute, dass sie damit erschreckt werden sollte. Ich habe dir ja erzählt, dass sie in einem Männerrechtler-Forum recherchiert hat. Ich wollte gleich ins LKA und alles protokollieren.«

»Sicher.«

Ben schaute sich den Tisch an, die Kerzen und den Wein und nickte. Ein leichtes Lächeln flog über sein Gesicht.

Charlotte stand auf. »Ich fahr einfach wieder. Sie haben ja meine Aussage, Herr Zumsande.«

»Alles klar, das LKA meldet sich bei Ihnen.«

Charlotte zog hastig ihre Jacke an und nahm ihre Handtasche und das Gepäck mit. Als sie draußen stand, hielt sie sich kurz am Geländer fest. Alles lief schief.

Kapitel 17

Daniel saß an Christophs Schreibtisch und berichtete ihm von Charlottes Hass-Kommentaren und dem Einbruch, vom Männerrechtler-Forum, »Salem«, »ritzelbaeki«, »nairolf« und »Artistoteles89«. Das Bild des Dozenten hatte er sofort erkannt. Die Geschichte von seinem Onkel kürzte er allerdings etwas ab. Sie war ihm peinlich, und dass er auch noch Charlotte mitgenommen hatte, konnte ihn einen Rüffel einbringen.

»Da hat sich die Zeugin aber etwas angelacht. Nicht, dass wir bald die nächste Leiche aus einer Wohnung tragen.«

»Sie ist woanders untergekommen.«

Das hoffte er zumindest.

»Behalte sie ein wenig im Auge, okay. Und diesen Florian auch.«

»Er hat ein Geheimnis. Du weißt, dass ich da noch dransitze.«

»Das ist gut. Die Vernehmungen aus Bens Keyword-Raster haben bislang leider keinen Durchbruch gebracht. Aber dieser Verdacht aus dem Forum ist noch zu vage. Der Dozent hat ein eindeutiges Alibi. Und dass ›nairolf‹ Florian Köhler sein soll, ist nur eine Vermutung.«

»Ich weiß. Wir brauchen mehr Beweise.«

»Trotzdem werde ich die Oberstaatsanwältin darum bitten, dass wir die Klarnamen der ›Salem‹-Gruppe vom Betreiber des Forums anfordern dürfen.«

Christoph lehnte sich zurück und rieb sich die Augen. Er hatte seit Tagen wenig geschlafen, und das sah man ihm auch an.

»Aber das kann ein bis zwei Tage dauern. Die EU-Datenschutz-

Grundverordnung kommt bald, und alle sind total irre deswegen. Die Provider und Foren schicken gleich ihre Anwälte, und dann wird diskutiert und diskutiert. Ohne richterlichen Beschluss rücken die inzwischen nichts mehr raus. Das ist so anstrengend.«

»Alles klar. Mir sind die Menschen im wahren Leben sowieso lieber.«

»Wem sagst du das? Kann es nicht so sein wie früher, als alle Verbrecher noch aus Fleisch und Blut waren ...«

»Das sind sie immer noch«, sagte Daniel und stand auf.

Die Sonne machte den Raum hell, trotz der schweren blauen Vorhänge. Charlotte schaute sich ziellos in Kerstins Schlafzimmer um, es war sechs Uhr morgens, und sie konnte nicht mehr schlafen. Wie auch? Sie legte ihre Hand auf die Stelle, wo ihre Rippen zusammentrafen, und fühlte sich allein.

Jemand war in ihre Wohnung eingebrochen und durchsuchte jetzt ihren Laptop. Im Internet wurde sie beschimpft. Ihr wurde übel.

Sie drehte sich auf den Rücken und nahm ihr Handy in die Hand. Daniel hatte sich letzte Nacht noch gemeldet und gefragt, wo sie sei.

Sie machte leider den Fehler und schaute wieder bei den Kommentaren auf *Schicksalstage* vorbei.

»Betrügerin.« – »Nutte.« – »Ist das eine Praktikantin? Vom Journalismus weiß sie zumindest nichts.« – »Die soll das Schreiben vergessen und ihr Geld wieder mit Ficken verdienen.«

Wenn das wirklich Florian Köhler und »ritzelbaeki« geschrieben hatten, wusste sie, dass das nur gepostet worden war, damit sie mit dem Recherchieren aufhörte. Aber es stand trotzdem im Internet, und jeder konnte es lesen. Jeder, der sie googelte, würde diesen Mist über sie lesen.

Ihr Magen verkrampfte sich erneut. Sobald sie wieder ins Büro käme, würde sie alle Kommentare ins Jenseits befördern.

Sie nahm ihren Block raus und ging die handschriftlichen Notizen ihrer Recherche durch. Die waren immerhin nicht geklaut. Langsam wurden ihre Augen wieder müde, und sie schlief ein.

Als sie wieder aufwachte, war es nach elf Uhr. Auf einmal wurde sie ganz kribbelig und musste weg. Sie wollte raus aus dieser Enge. Sie brauchte dringend etwas Luft, ganz schnell.

Sie ging zügig an der Alster entlang und hielt erst an, als sie den Jungfernstieg in der Innenstadt erreichte. Dort blieb sie stehen und setzte sich auf eine Terrassenstufe vor dem Wasser. Es war viel zu kalt dafür, aber sie wollte sich ausruhen. Sie schaute auf die Wasserfontäne in der Mitte und ließ dann ihren Kopf auf ihre Knie sinken.

»Charlotte, geht es dir gut?«

Sie zuckte zusammen und erkannte nur eine männliche Silhouette im Gegenlicht. Sie blinzelte und hatte panische Angst vor dem Schatten.

»Keine Sorge. Ich tue dir nichts. Ich bin doch Hauke, der Nachbar von Hannah.«

Charlottes Miene hellte sich auf – sicher, er war nett gewesen.

»Natürlich weiß ich das noch. Wie geht es dir?«

»Wahrscheinlich nicht besser als dir. Diese Woche war ja furchtbar.« Er reichte ihr die Hand. »Aber bitte setz dich doch nicht auf die kalten Steine. Du holst dir noch eine Erkältung. Ich kann das gar nicht mit ansehen.«

Sie nahm seine Hand und stand auf. »Komm, wir gehen rüber ins Café. Was meinst du?«

»Danke! Das ist eine sehr gute Idee.«

Sie hatten Glück, das Café mit Ausblick auf die Binnenalster war nicht voll. Der erste Schwung Gäste, der zum Frühstück gekommen war, war schon wieder gegangen, und für Kuchenfreunde war es noch zu früh.

Sie zog ihren Mantel und die Mütze aus und rieb sich die Hände.

»Was machst du hier?«, fragte sie ihn.

»Ich habe einfach ein wenig Ablenkung gebraucht und hatte gerade ein Date. Aber der Typ war nicht mein Fall.«

Er war schwul. Damit hatte sie gar nicht gerechnet.

»War es wenigstens ganz nett?«

»Nein, kann man nicht sagen. Wir waren ein bisschen an der Alster spazieren. Aber mir geht gerade zu viel durch den Kopf. Außerdem war er viel zu klein.« Er zuckte grinsend mit den Schultern. »Und was machst du hier?«

»Ach, ich musste an die frische Luft.«

»Kann ich gut verstehen.«

Der Kellner kam und gab ihnen beiden eine Karte.

»Kanntest du Hannah eigentlich gut?«, fragte Charlotte.

»Nur ein bisschen. Ich quatsche ja mit allen im Haus. Aber seit Florian bei ihr gewohnt hat, hatte ich natürlich mehr mit ihr zu tun.«

»Haben die beiden gut zusammengepasst?«

»Ja, sehr gut.«

Charlotte schaute ihn direkt an. »Warum war das wohl so?«

Er lehnte sich zurück und verschränkte die Arme voreinander. »Die beiden waren aus demselben Holz geschnitzt, würde ich sagen. Ich kenne ja Florian besser als sie, aber er hat etwas Geerdetes und ist trotzdem sehr intuitiv. Er kann blitzschnell Situationen und Menschen analysieren. Einige sagen, dass er zu kühl ist und manchmal arrogant gegenüber anderen wirkt, aber ich empfinde das nicht so. Hannah war ihm sehr ähnlich, würde ich sagen. Ich habe mich total gefreut, dass ich die beiden zusammengebracht habe.«

»Er wirkte sehr mitgenommen, als ich bei dir war.«

Er drehte seinen Kopf zur Alster. »Am meisten schmerzt es mich, dass ich ihm nicht helfen kann.«

»Du möchtest immer allen helfen, nicht? Vielleicht musst du auch mal etwas für dich tun.«

»Ach, du hast ja so recht.« Er war gerührt. »Aber sag mal, was ist denn mit dir und diesem Kommissar?«

Charlotte wurde nervös. »Was meinst du? Da ist nichts.«

Eine Bedienung kam, und sie bestellten beide Tee. Als sie weg war, grinste er breit. »Ach komm, der Mann hat dich ganz verliebt angeschaut. Da läuft doch etwas, oder?«

Charlotte starrte auf die Tischdecke. »Nein.«

Er guckte überrascht.

Charlotte versuchte abzulenken. »Glaubst du, dass man sich in jemandem extrem täuschen kann?«

»Ich verstehe die Frage nicht.«

»Könntest du dich in Florian täuschen? Wenn beispielsweise die Liebe zwischen ihnen doch nicht so stark war?«

Er verschluckte sich fast an seinem Tee. »Warum fragst du das?«

Sie sagte nichts.

»Du glaubst doch nicht, dass er Hannah etwas angetan hat?« Er war nun etwas lauter geworden. »Das war einer dieser Shitstormer, nicht Florian. Ich lege meine Hand für ihn ins Feuer.«

»Ich verdächtige ihn gar nicht. Ich mache mir eben nur Gedanken.«

Er beruhigte sich wieder. »Diese Gedanken sind überflüssig. Er ist ein Guter, er muss nur dazu stehen.«

»Wie meinst du das? Er muss dazu stehen?«

»Nein, nichts meine ich.«

»Nichts? Hat er vielleicht nicht zu Hannah gestanden, sondern sie mit den Shitstormern alleingelassen?«

»Nein, nein, auf keinen Fall.« Hauke wischte sich die Stirn ab. »Ach, ich kenne ihn doch schon lange. Er hatte früher einmal eine Freundin, mit der war die Beziehung etwas komplizierter ...« Mehr brachte er nicht raus.

»Was war denn so schlimm mit ihr?«

»Ich möchte lieber nicht weiter darüber sprechen. Er hat sich mir anvertraut, und das würde ich gern respektieren.«

Charlotte sah ihn an und lächelte. »Natürlich. Das geht mich ja auch nichts an.«

Er schaute sie an und legte seine Hand auf ihren Arm. »Hast du dir wenigstens nach diesem Schock ein paar Tage freigenommen.«

»Freigenommen nicht, ich muss ja meine Miete bezahlen können.«

»Ich weiß, was du meinst. Seit dem Mord kann ich mich auch nicht mehr konzentrieren. Aber als Selbstständiger kann man sich das ja nicht erlauben.«

Sie tranken ihren Tee aus und bezahlten. Hauke sagte missmutig, dass er bedauerlicherweise zurück ins Homeoffice müsse. »Ich habe leider noch ein paar Dinge zu tun, und das am Sonntag. Wo musst du jetzt hin?«

»Ich gehe nach Hause.«

»Soll ich dich heimbringen? Ich hole nur schnell mein Fahrrad.«

»Nein, das musst du nicht. Ehrlich. Aber du könntest mir deine Nummer geben, wenn du magst. Wir könnten uns doch mal wieder treffen.«

»Ja, sehr gern. Das würde mich richtig freuen.« Er strahlte, und Charlottes Herz ging auf. Er war so ehrlich in seinen Emotionen.

Sie drückten sich innig zum Abschied. Dann beschloss Charlotte, doch zum Verlag zu gehen und ihre Recherchen neu zu sortieren.

Daniel war überrascht, Florian im LKA zu treffen. Er stand einfach im Flur.

»Herr Köhler, was machen Sie denn hier?«

»Ihr Chef hat mir gesagt, wie es mit dem Leichnam von Hannah weitergeht.« Florian schaute ihn traurig an. »Leider konnte er mir nichts Neues zu den Ermittlungen sagen.«

»Hier arbeitet die ganze Abteilung an dem Fall. Herr Köhler, ich würde sie gern morgen auch einmal sprechen.«

»Schon wieder? Ich habe doch alles gesagt.«

»Es gibt ein paar neue Hinweise.«

Florian nickte.

»Wir können doch auch jetzt reden?«

»Leider gehen andere Vernehmungen gerade vor.«

Das war gelogen, aber Daniel wollte Zeit haben, um ihn etwas unter Druck zu setzen. Er schaute sich seine Reaktion an. Es war schwer zu sagen, ob er nervös war. Er würde an ihm dranbleiben und hoffen, dass er ihn etwas in die Enge getrieben hatte.

Als Charlotte die Tür zu Kerstins Wohnung aufschloss, blieb sie abrupt stehen. Es lag ein Papierschnipsel auf dem Boden im Flur. Sofort kroch die Angst wieder in ihr hoch. Sie beugte sich vor und hob den Schnipsel auf. Es war die Ecke eines Einkaufszettels. War jemand in der Wohnung gewesen? Sie schaute sich um. Es war ansonsten alles wie immer. Sie schauderte und drehte den Schlüssel so lange im Schloss um, bis sich nichts mehr bewegte.

Hoffentlich war es nur ein Zufall.

Sie ging ins Wohnzimmer und zog die Vorhänge zu. Auf einmal hielt sie inne. An der Garagentür gegenüber stand übergroß das Wort »Schlampe« geschrieben. Wussten Sie, dass sie in Kerstins Wohnung umgezogen war? Sie vergaß zwei Sekunden, dass sie atmen musste.

Im Flur quietschte das Parkett. Es war, als würden Schritte auf sie zukommen.

Kapitel 18

Besonders interessant waren die Fotos auf ihrem Rechner nicht. Sie führte im Grunde ein langweiliges Leben.

Genauso wie er.

Wenn nicht die Umstände bei ihnen beiden alles verändert hätten. Jetzt musste er dafür sorgen, dass sie endlich Ruhe gab.

• • •

Charlotte starrte auf die Wohnzimmertür. Ihr Verstand hämmerte ihr Befehle ein: Flieh, versteck dich, tu irgendwas! Tu was!

Aber sie blieb nur vor dem Sofa stehen. Ihr Handy begann zu klingeln. Eine unbekannte Nummer. Blitzartig drückte sie den Anruf weg.

Es klingelte wieder. Sie keuchte und schleuderte das Smartphone weg. Der Ton verstummte.

Das Parkett im Flur knackte immer lauter, aber es hörte sich nicht mehr nach Schritten an. Das Holz brüllte. Irgendetwas riss die Dielen heraus. War das ein Löwe? Charlotte nahm die Hände hoch und hielt sich die Ohren zu. Sie musste sich beherrschen, damit ihr Mageninhalt nicht die Kehle hochkam.

Sie durfte nicht auf Kerstins Teppich brechen.

Aber was konnte sie retten? Der Weg zur Wohnungstür war versperrt. Sie könnte aus dem Fenster springen, aber dann würde sie drei Stockwerke in die Tiefe fallen.

Es war aussichtslos.

Sie schaute sich im Raum um. Es musste noch eine andere Lösung geben. Sie setzte sich auf den Boden und kroch auf allen vieren. Hinter dem großen Bücherregal an der Längswand war eine freie Ecke, in der sie sich verstecken konnte. Sie robbte sich vor, presste sich an die Wand und zog ihre Knie ganz eng zum Kinn. Dann hielt sie den Atem an, um zu horchen.

Aber es passierte nichts. Die Geräusche hörten auf.

Nach einer Weile lugte sie vorsichtig hinter dem Regal hervor und stand lautlos auf. Dabei wurde ihr schwarz vor Augen. Sie griff zum Regal, bekam aber nur ein paar Bücher zu fassen, die nach unten fielen. Sie schwankte und wusste, dass ihr nur die Wand noch Sicherheit geben konnte. Sie versuchte sich an sie zu lehnen, um nicht umzufallen. Als sie die Kälte der Mauer spürte, wurde ihre Sicht wieder klar. Ihr Kopf hämmerte, und sie spürte, dass sie Kopfschmerzen bekam.

Sie blieb für einen Moment stehen, ließ dann die Wand los und schlich in den Flur, um zu sehen, was der Löwe angerichtet hatte.

Die Jacken hingen an der Garderobe, und der Boden reflektierte das Licht der Deckenbeleuchtung. Es war überhaupt nichts geschehen.

Charlotte lehnte ihre Stirn an den Türrahmen und schaute runter. Sie atmete tief ein und aus. Wenn sie irgendwem davon erzählen würde, würden sie sie wegsperren.

Sie schlüpfte rüber ins Bad und zog ihr graues Wollkleid über den Kopf. Alles war so ekelig. Sie war nass geschwitzt und wahnsinnig. Sie betrachtete sich im Spiegel und sah ein Gesicht, über das sich schwarze Schatten gelegt hatten. Unter ihren Augen waren tiefe, dunkle Höhlen, ihre Haut war blass und schlaff, und sie hatte nicht mehr die Kraft, irgendeinen Muskel zu bewegen. Sie fühlte sich so allein.

Es war genauso wie damals. Als Kind war auch ein Löwe bei ihr gewesen. Luna hatte sie das Stofftier genannt, das sie mit ihrem Vater auf dem Münsteraner Send, der großen Kirmes, beim Losen gewonnen hatte. Sie war so stolz darauf gewesen. Er hatte bei ihr im Bett gesessen und sie beschützt. Aber an den Abenden, an denen ihr Vater immer später nach Hause kam und ihre Mutter sofort laut anfing zu schimpfen, konnte er ihr auch nicht helfen. Sie hatte nicht alles verstanden, was ihre Eltern sagten, aber einmal hatte sie mitbekommen, wie ihr Vater rief: »Schrei nicht so laut! Lotti hört alles.« Und ihre Mutter hatte geantwortet: »Na und? Die verträgt das schon.«

Charlotte riss sich von ihrem Spiegelbild los und stellte sich unter die Dusche. Das warme Wasser auf ihrem Kopf tat ihr gut. Sie würde sich jetzt beruhigen und sich dann ganz in Ruhe wieder auf ihre Arbeit konzentrieren.

Als sie im Badezimmer fertig war und zurück ins Wohnzimmer ging, nahm sie den Laptop auf die Knie und fuhr ihn hoch. Fünfundneunzig neue Mails. Was war das schon wieder?

»Sie haben einen neuen Kommentar unter Ihrem Blogeintrag ›Der Tod von Hannah Klarenheim‹«

»Sie haben einen neuen Kommentar unter Ihrem Blogeintrag ›Der Tod von Hannah Klarenheim‹«

»Sie haben einen neuen Kommentar unter Ihrem Blogeintrag ›Der Tod von Hannah Klarenheim‹«

»Sie haben einen neuen Kommentar unter Ihrem Blogeintrag ›Der Tod von Hannah Klarenheim‹«

»Sie haben einen neuen Kommentar unter Ihrem Blogeintrag ›Der Tod von Hannah Klarenheim‹«

So ging es weiter und weiter. Sie hatte vergessen, ihren Blogeintrag zu löschen. So ein Mist! Sie ging auf die Seite und schaute sich das Dilemma an.

»Wer ist diese bescheuerte Alte?«

»So eine Feministen-Schlampe. Sie hat keine Ahnung, aber schiebt unschuldigen Männern einen Mord in die Schuhe. Das passt zum Feministen-System.«

»Habt ihr den Rest gelesen? Der Dame muss man heute Abend mal ein paar Dildos ordentlich in den Arsch schieben.«

»Das soll sich Hector Feldarbeit mal anschauen.«

Charlotte schloss die Augen. Bitte nicht! Hector Feldarbeit betrieb den gleichnamigen Blog »Feldarbeit« und war der größte Schreihals in der Männerrechtler-Szene. Was auch immer er schrieb, es gab genug Menschen, die darauf ansprangen.

Charlotte schwitzte schon wieder. Sie musste ganz schnell eine Lösung finden. Sollte sie die Kommentare behalten? Vielleicht stand irgendwo ein Hinweis auf »ritzelbaeki«. Andererseits war es nicht gut, diese Diskussion weiter stehen zu lassen. Die Männer könnten noch die ganze Nacht ausflippen. Sie beschloss, den Blogeintrag zu löschen und vorher die Kommentare zu sichern. Als sie damit fertig war, ließ sie sich nach hinten ins Sofa sinken. Geschafft!

Auf einmal summte ihr Mailbox-Signal auf.

»Sie haben einen neuen Kommentar unter Ihrem Blogeintrag ›Morgens in Hamburg‹.«

Oh nein! Sie schrieben woanders weiter.

»Aber, Charlotte, das ist doch nicht die feine Art, alles einfach zu löschen? Vielleicht sollten wir dich heute mal besuchen? Weißt du, so was regeln wir Hamburger unter uns.«

Charlotte starrte auf die Wörter. Sie blickte rüber zum Fenster und sprang schnell auf. Sie zog die Vorhänge fester zu und rannte ins Schlafzimmer. Hatten sie sich gegenüber positioniert? Sie riss an den Gardinen und machte alles dunkel. Dann fiel ihr ein, dass in der Küche noch ein Fenster offen war. Sie lief rüber, schloss es schnell und ließ die Jalousien runter. Dann blieb sie im Raum stehen.

Sie drehte sich um und ging rüber ins Wohnzimmer. Sie beschloss, ihren Laptop einfach abzustellen. Wenn sie die Leute ignorierte, würden sie sie auch ignorieren. Für mehr hatte sie jetzt nicht die Kraft.

Aber dann sah sie das Foto.

Jemand hatte ein Bild von ihr und ihrem Bruder im Wald unter die Kommentare gehängt. Darüber ragte eine Schrift: »Mein Bruder fickt mich gern.«

Sie starrte ihre beiden Gesichter an. Merkwürdigerweise kam ihr eine Frage in den Sinn.

Was tun Menschen, die ertrinken? Sie gehen unter, dachte sie. Das hatte sie einmal gelesen. Menschen, die im Wasser sterben, schreien nicht. Sie sterben einfach.

Sie kippte seitlich auf das Sofa. Sie würden kommen und sie finden. Und dann würden sie sie töten. Sie musste sofort Freunde oder die Polizei anrufen. Aber würde jemand kommen?

Sie vergrub ihr Gesicht im Kissen. Auf einmal pfiff der Wind laut gegen ihr Fenster. Sie erschrak und krümmte sich. Das Mailprogramm klingelte im Sekundentakt. Charlotte lehnte sich auf und guckte sich den letzten Eintrag an.

»Diese Hexe baumelt bald vom Michel.«

Sie schloss hektisch alles und fuhr den Rechner runter. Es sollte aufhören.

Ihr Kopf tat weh. Sie ließ sich wieder auf das Kissen fallen und vergrub ihre Nase im weichen Stoff. Wie lange musste sie so liegen bleiben, bis sie nicht mehr atmen würde? Bis alles vorbei sein würde? Sie presste ihr Gesicht tiefer und tiefer in das Kissen. Ihre Nase und ihre Augäpfel schmerzten schon. Wie lange würde es wohl dauern?

Schluss! Sie legte ihren Kopf zur Seite. Sie konnte sich nicht bewegen. Sie hatte ein Telefon, sie hatte Freunde. Sie hatte alle Möglichkeiten, sich zu befreien. Trotzdem war sie wie gelähmt. Die hatten bestimmt längst herausgefunden, dass sie sich in Kerstins Wohnung versteckte, denn die wussten über jeden ihrer Schritte Bescheid.

Dann dämmerte sie weg.

Kapitel 19

Als sie mitten in der Nacht aufwachte, brummte ihr Kopf vor Schmerzen. Sie hielt sich die Hände vor die Augen und blinzelte durch den Rand hindurch. Alles war dunkel. Sie richtete sich auf, um auf die Uhr zu schauen. Plötzlich kam ihr Mageninhalt hoch, und sie erbrach sich neben dem Sofa auf den Boden.

Sie musste aufstehen, um ihr Erbrochenes wegzumachen. Das war doch Kerstins Wohnung. Aber stattdessen ließ sie sich zur Seite fallen und weinte leise.

Sie hörte, wie der Wind am Fenster rüttelte und reinwollte. Wahrscheinlich, um sie rauszuzerren, dachte Charlotte. Hector Feldarbeit hatte bestimmt ein Feuer auf der Straße für sie gemacht, um sie zu verbrennen. Sie zog die Nasenflügel zusammen und nahm den feinen Geruch von verbranntem Holz wahr.

Sie knipste eine Tischlampe an, kroch auf den Teppich und hob ein paar Taschentücher auf, die auf den Boden gefallen waren. Sie wischte ihr Erbrochenes damit notdürftig auf und warf die schmutzigen Tempos beiseite, anschließend legte sie ihren Kopf auf den kühlen Couchtisch ab. Das tat gut.

Sollten sie doch kommen. Sie war zu müde, um wegzulaufen. Aber ihr Kopf machte nicht mit. Sie stand auf und schaltete überall Licht an, damit sie nicht irgendwo anstieß. Uff, die Strahlen brannten in ihren Augen. In der Küche goss sie sich ein Glas Wasser ein und nahm eine Kopfschmerztablette. Als sie einen Schluck getrunken hatte, kratzte jemand an ihrer Wohnungstür. Charlotte hielt inne. Das Blut gefror in ihren Adern. Ihr wurde schwindelig, und sie wankte ins Schlafzimmer. Ihr Blick verschwamm, und dann wurde alles um sie herum dunkel.

Sie öffnete die Augen. Vor ihr war ein Fenster, an dessen Seite Lichtstrahlen ins Zimmer drängten. Neben ihr stand eine Tür weit offen, und eine Strickjacke lag auf dem Boden. Wo war sie? Sie hob die Bettdecke an – sie trug ein graues T-Shirt und eine Leggings. Wie das alles stank!

Sie drehte ihren Kopf in die Mitte und starrte an die Decke. Die Lampe, die dort oben hing, kannte sie, und die Vorhänge hatte sie gestern Abend zugezogen. Das hier war Kerstins Schlafzimmer. Sie rieb sich mit den Händen durch ihr Gesicht. Was für eine furchtbare Nacht! Sie nahm die Strickjacke vom Boden, zog sie über und schlupfte ins Wohnzimmer.

Als sie das Sofa sah, bemerkte sie die Überreste ihres Erbrochenen. Jetzt erinnerte sie sich wieder.

Plötzlich klingelte es an der Tür. Sie zuckte zusammen.

»Kerstin, bist du da? Hier ist Marlis.« Es war die Nachbarin. Charlotte war erleichtert und ging zur Wohnungstür.

»Hallo, Marlis!«

»Ach, Charlotte, du bist es. Du siehst ja schrecklich aus.«

»Ja, ähm, ich war gestern krank.«

»Ist Kerstin gar nicht da?«

»Sie ist beruflich in Dubai, und meine Wohnung wird gerade renoviert«, log Charlotte.

Marlis war Mitte fünfzig, hatte mittellanges platinblondes Haar und heute blaue Wimperntusche aufgelegt.

»Ich hatte letzte Nacht furchtbare Kopfschmerzen und kann mich gar nicht mehr an alles erinnern. Aber es kam mir so vor, als würden Leute um das Haus schleichen?«, fragte Charlotte vorsichtig.

»Einbrecher? Mach mich nicht verrückt! Ich habe nichts bemerkt.« Marlis trat einfach an ihr vorbei in die Wohnung. »Ist bei dir was weggekommen?«

»Nein, ich glaube nicht.«

»Dann mach dir keine Sorgen. Du hast geträumt, und der Wind hat dich verrückt gemacht. Mich übrigens auch.« Sie öffnete den Kühlschrank. »Hach, du hast ja auch Wasser darin stehen.«

»Was hat das zu bedeuten?«

»Gestern Nacht gab es in der Straße einen Stromausfall. Gerd guckt schon im Internet, ob er etwas darüber findet. Das hat bestimmt mit dem Sturm zu tun.«

Es war ein Stromausfall gewesen.

Marlis redete weiter. »Mein schönes eingefrorenes Gulasch kann ich wegwerfen. Verdammte Hacke!« Sie schloss den Kühlschrank wieder und musterte Charlotte von oben bis unten. »Kind, zieh dir mal was Vernünftiges an. So wirst du richtig krank.«

Dann trat sie zurück auf den Flur und ging rüber ins Wohnzimmer. »Bäh, Charlotte, was stinkt das hier! Hast du auf den Teppich gekotzt?«

Sie stellte sich in den Türrahmen und sagte kleinlaut: »Ja, leider.«

»Stell dich sofort unter die Dusche, ich mache diese eingetrockneten Überreste schnell weg. Und dann bleibst du für den Rest des Tages im Bett liegen.«

Bei diesen Wörtern fröstelte sie. Schnell ging sie ins Badezimmer.

Als sie sich wieder angezogen hatte, roch der Teppich wunderbar.

»Na, jetzt siehst du doch wieder aus wie ein Mensch.«

»Danke! Und vor allem danke für die Reinigung! Ich habe mir schon Sorgen gemacht, wie ich das in meinem Zustand hinbekommen soll.«

Auf einmal hörte Charlotte, wie ihr Handy in der Küche klingelte. Sie verabschiedete sich schnell und rannte rüber.

Es war Eugen. Sie hörte noch, wie Marlis die Tür hinter sich schloss, und nahm dann ab.

»Hallo, Eugen! Wie geht es dir?«

»Hallo, Lotte! Gut. Kannst du noch einmal in die Redaktion kommen? Die Kommentare haben leider wieder zugenommen.«

Charlottes Magen zog sich zusammen. Sie wollte nicht nach draußen, aber hierbleiben konnte sie auch nicht. Aber sie musste Eugen helfen. Das musste sie doch, oder?

Sie versprach ihm zu kommen und packte dann rasch ihre Sachen zusammen. Die Wohnungstür schloss sie von außen doppelt ab. Hoffentlich würden sie nicht auch noch bei Kerstin einbrechen. Sie ging runter auf die Straße und fragte sich, wie sie zum Verlag fahren sollte.

Wenn sie zur U-Bahn laufen würde, würde das zwanzig Minuten dauern, und an ihrem Verlag gab es ohnehin keine Haltestelle. Also suchte sie sich per App ein Car-Sharing-Auto und nutzte schließlich einen kleinen weiß-blauen Smart, der in der Straße stand.

Als sie losfuhr und um die Ecke bog, versperrte ihr die Feuerwehr den Weg. Ein Mann bedeutete ihr, dass sie zurückfahren sollte. Sie kurbelte das Fenster runter und rief: »Was ist passiert?«

Der Feuerwehrmann antwortete knapp. »Hier ist gestern Nacht ein Dachstuhl ausgebrannt. Fahren Sie bitte zurück.«

Charlotte zog ihre Nasenflügel zusammen, sie hatte sich den Geruch also doch nicht eingebildet.

Als sie später in Eugen Büros saß, war sie froh, dass er ihr bei den Kommentaren half und nicht böse auf sie war. Schließlich war seine Website geradezu vollgemüllt worden. Sie erzählte ihm vom letzten Stand ihrer Recherche, und sie arbeiten den ganzen Tag daran, schlimme Äußerungen zu löschen und all die verstörten User zu beruhigen.

Als die Arbeit vorbei war, ging die Sonne schon über der Alster unter. Sie spazierte am Wasser entlang und hatte Angst vor der nächsten Nacht. Hoffentlich blieb es ruhig. Wenn nicht, würde sie sich dieses Mal Hilfe holen. Diese Männer würden sie nicht so einfach unterkriegen!

»Bleib dran, bis es vorbei ist. Du bist eine starke Journalistin«, sagte sie sich selbst.

Inzwischen war es fast dunkel. Nicht weit von ihr war eine kleine Bank, auf der ein Mann saß. Sie könnte sich dazusetzen und ausruhen. Aber dann stutzte sie. Den blauen Mantel hatte sie schon einmal gesehen. Es war Florian Köhler! Sie schreckte zusammen. Warum musste sie ihn ausgerechnet hier treffen?

Sie wollte so schnell wie möglich unauffällig fliehen, deshalb ging sie langsam in die andere Richtung. Sie guckte die ganze Zeit auf den Boden und traute sich nicht umzudrehen. Aber es passierte nichts. Vor ihr tauchte wieder das Café Riff aus. Von dort würde sie sich schnell ein Taxi nehmen.

Es waren nur noch wenige Meter, dann wäre sie in Sicherheit. Sie zählte in Gedanken mit. Nur noch zehn, neun, acht ... Ein Hollandrad hielt direkt vor ihr und schnitt ihr den Weg ab. Sie hätte es wissen müssen.

»Hallo, Charlotte! Wie geht es dir?«

»Ach, hallo! Das ist ja eine Überraschung.«

Florian Köhler stieg ab und musterte sie. Unter seinem blauen Mantel trug er wieder einen perfekt sitzenden grauen Anzug. Aber sein Gesicht war genauso fahl wie der Stoff.

»Ja, das ist wirklich ein Zufall. Willst du mit mir hier einen Kaffee trinken?«

Alles, nur das nicht.

»Das tut mir furchtbar leid. Aber ich habe gar keine Zeit.«

Sein Blick war leer, er wartete noch etwas und stieg wieder aufs Fahrrad. »Kein Problem. Ich wollte dich nicht drängen. Mach's gut!«

»Ja, du auch. Alles Gute für dich!«

Er nickte nur und radelte wieder weg.

Sie schaute ihm nach und hatte ein schlechtes Gewissen. Vielleicht war es doch albern gewesen, ihn zu verdächtigen.

Sie blickte sich um und suchte ein Taxi, aber es stand keines in der Nähe. Okay, dann würde sie sich wieder einen Smart leihen.

Auf dem leeren Parkplatz vorm Verlag stand noch ihr Auto von heute Vormittag. Sie tippte auf ihrer App und suchte den Code, um ihn zu öffnen.

Plötzlich hörte sie Schritte hinter sich, die sich langsam näherten. Bevor sie sich umdrehen konnte, wurde sie auch schon geschubst, und das Handy fiel ihr aus der Hand. Sie knallte gegen die Fahrertür und sackte runter. Ihre Lippe schmerzte. Sie strich darüber und merkte, dass es Blut war. Entsetzt wandte sie sich am Boden um. Florian Köhler stand vor ihr und schaute auf sie herab.

»Was soll das?«, fragte sie und bemerkte, wie brüchig ihre Stimme war.

Sein Blick wurde weich. Er stürzte auf sie zu und zog sie hoch.

»Entschuldigung! Das tut mir leid.«

Charlotte konnte gar nicht atmen, ihre Rippen taten weh.

Florian ließ sie los und griff in seinen Mantel. Er holte eine Packung Taschentücher raus, griff sich eines und hielt es an Charlottes Lippen.

Sie stieß seine Hand weg. »Lass das!«

Er hatte Tränen in den Augen. »Charlotte, entschuldige bitte, dass ich dich so überfallen habe. Ich weiß selbst nicht, was mit mir los ist. Bitte, ich will doch nur mit dir reden.«

»Bin ich die Nächste, die du umbringen willst?«

Er lehnte sich an die Motorhaube und kniff seine Augen für einen Moment zusammen. »Wie kommst du darauf, dass ich Hannah etwas angetan haben könnte? Mein Leben ist schon schlimm genug.«

»Ja, komisch, dass ich darauf komme, nachdem du mich hier auf einem Parkplatz anfällst ...« Sie fasste sich wieder an ihre Lippe. Sie blutete jetzt viel stärker.

Er hielt ihr das Taschentuch hin, und sie riss es ihm aus der Hand.

»Hast du die ganzen Männer auf mich gehetzt?«

»Welche Männer denn?«

»Im Forum natürlich.«

Er schaute hoch. »Im Forum?«

»Im ›Männeruniversum‹. Jetzt tu doch nicht so.«

Er guckte verdutzt. »Hauke hat mir erzählt, dass du recherchierst und ihn über mich ausgefragt hast. Du glaubst nicht, dass ich Hannah geliebt habe, oder? So ist es doch, verdammt noch mal!? Mein Leben bricht gerade zusammen, und du willst mich komplett ruinieren.«

»Hast du jemanden geschickt, um sie zu töten?«

Er starrte sie entsetzt an. »Nein! Hätte ich den Typen getroffen, hätte ich ihn selbst umgebracht.«

Charlotte stutzte.

»Was willst du noch über mein Leben rausfinden? Arbeitest du in diesem Verlag hier?« Er wimmerte jetzt.

»Ich will überhaupt niemanden zerstören. Ich mache das für Hannah.«

»Na klar, für Hannah. Steckst du mit der Polizei unter einer Decke? Ist das ein Komplott?«

»Nein, natürlich nicht.«

»Hast du ihnen irgendwelche Hinweise gegeben?«

»Nein, was soll das?«

Er guckte sie skeptisch an.

»Das tut mir leid. Ich hatte nur Angst, dass ...«

»Wie hast du rausgefunden, wo ich gerade bin?«

»Gar nicht. Ich habe dich zufällig an der Alster gesehen.«

»Wieso verdächtigst du mich überhaupt?«, fragte er sie.

»Ich verdächtige dich nicht.«

Langsam wurde ihr wieder flau. Sie musste ihn beruhigen.

»Wir haben uns geliebt, Hannah und ich.«

»Das hat doch niemand angezweifelt.«

»Wieso fragst du dann Hauke danach?« Seine Stimme wurde jetzt lauter.

»Wir haben uns nur unterhalten.«

Er sprang auf sie zu, packte ihren Kopf mit einer Hand und hielt ihr mit der anderen den Mund zu. Charlotte japste, sie hatte Angst, dass sie keine Luft mehr bekommen würde. Dann zog er an ihren Haaren, und ihr Kopf flog nach hinten. Sie wollte um sich schlagen, aber er hatte sie fest im Griff. Er schob ihren Kopf wieder hoch, und seine Augen waren direkt vor ihr. Sie schaute zur Seite. Es war niemand da. In diesem Winkel direkt hinter einer Hecke konnte sie niemand sehen.

Abrupt ließ er sie wieder los.

»Das hat dich alles nicht zu interessieren, klar?«

Charlotte sackte vor der Tür zusammen und rang nach Luft.

»Hast du das kapiert?«

Sie nickte nur und starrte auf den Boden. Würde er sie jetzt auch töten?

»Hey …«

Wer war das? Charlotte guckte vorsichtig hoch.

Auf einmal stand ein anderer Mann neben ihm.

»Herr Köhler, lassen Sie sofort Frau Schmidt los!«

Florian sprang einen Schritt zurück.

Es war Daniel. Er beugte sich runter zu Charlotte. »Ist alles in Ordnung?«

Sie nickte.

In dem Moment rannte Florian los. Daniel schreckte auf und erwischte ihn gerade noch am Zipfel seines Mantels. Aber Florian schlüpfte blitzschnell raus und lief davon.

»So ein Mist!«

Kapitel 20

Daniel sah noch, wie Florian hinter der Hecke verschwand.

»Warte hier auf mich«, rief er Charlotte zu und rannte hinterher.

Hinter den Büschen konnte er ihn nicht mehr erkennen. Fuck! Ein kleiner Weg führte zu einem eingezäunten Grundstück, auf dem eine große Villa stand. Auf einmal ertönte ein Signal. Eine Alarmanlage! Florian musste dort sein.

Daniel lief den Weg entlang und sprang über den Zaun. Hinter einer Wand bewegte sich ein Schatten.

Blitzschnell war er dort und streckte seine Hand aus, um Florian zu schnappen. Aber ein großer Gegenstand kam auf ihn zugeflogen.

Verdammt, Florian warf mit einem Blumentopf nach ihm. Er wich aus und kam ins Straucheln. Der Rasen unter ihm war feucht, und er konnte die Balance nicht halten. Er knallte hin und schlug mit seinem Knie hart auf.

»Du Mistkerl!«, fluchte Daniel laut auf.

Florian rannte weiter, und Daniel brauchte eine Sekunde, um sich zu berappeln. Ein Schmerz durchzuckte sein Knie.

Sein Gegenüber riss an mehreren Türen und versuchte sie zu öffnen. Eine gab tatsächlich nach. Florian war verschwunden. Daniel stand auf und verfolgte ihn.

Hui – er stoppte schnell und hielt sich mit beiden Händen am Türrahmen fest. Vor ihm ging eine Treppe steil nach unten, die er fast runtergefallen wäre. Vorsichtig drückte er auf einen Lichtschalter, aber nichts passierte. Es blieb dunkel.

Er kramte eine kleine Taschenlampe aus seiner Jacke und zog seine Dienstwaffe aus der Schlaufe.

Langsam ging er mit gestreckter Pistole die Stufen hinunter.

»Herr Köhler, bitte kommen Sie raus! Es nützt doch nichts, wenn Sie weglaufen.«

Aber er erhielt keine Antwort. Dieser Keller war staubig und nass. Beinahe wäre er über einen alten Wäscheständer gestolpert, der zugeklappt auf dem Boden lag.

Er hörte nichts mehr. Vorsichtig ging er von Raum zu Raum. Wo war Florian? Weiter hinten flog eine Tür zu.

Da musste er sein. Schnell folgte er dem Geräusch. Im Licht seiner Taschenlampe konnte er alte blaue Plastikfässer erkennen. Er bog um die Ecke, und ein lauter Knall ertönte vor ihm.

»Scheiße!«

Daniel sprang etwas zurück und drückte sich an die Wand. Ein schweres Eisenregal kippte gerade in seine Richtung um, und ein Fass rollte auf ihn zu.

Er ließ die Hände sinken. Es war zu spät, um zur Tür zurückzurennen. Um ihn herum klirrte und knallte es. Aus dem Regal fielen unzählige Gegenstände heraus und landeten scheppernd auf dem Boden. Jetzt hatte er höchstens noch eine Sekunde. Er versuchte durchzukommen. Eine Sekunde ...

Daniel lag plötzlich mit dem Rücken auf dem Boden und keuchte laut.

Er sah an sich herunter. Alles war heil.

Das Fass hatte das Regal abgefangen und es aufgehalten, sodass Daniel darunterlag. Heftig wirbelte Staub auf.

Er hob leicht den Hinterkopf, fasste sich an die Brust und sagte leise zu sich: »Danke!«

Dann tastete er seine linke Wange ab und fühlte Blut.

Jetzt hörte er wieder Schritte.

Er versuchte sich aufzusetzen und sich irgendwie von dem Regal zu befreien. Staub flog ihm in die Augen, und er wischte sich mit einer Hand darüber.

»Ich krieg dich«, dachte er.

Endlich hatte er wieder Platz. Er nahm seine Waffe und die Taschenlampe in die Hände und sprang so schnell wie möglich über das Chaos auf dem Boden.

Im nächsten Raum sah er, dass eine Tür nach draußen offen stand. Dorthin musst Florian abgehauen sein.

Er lief ihm nach und sah einen großen Garten. Florian stand auf der anderen Seite eines großen Zauns.

Daniel verfolgte ihn, aber er hatte einigen Vorsprung und war schon auf der Straße. Auf einmal bog er nach rechts ab. Daniel sah eine U-Bahn-Station.

Er erhöhte das Tempo, aber Florian lief bereits hastig die Treppen hinunter.

»Gleich hab ich dich«, dachte Daniel.

Er übersprang mehrere Stufen auf einmal und blieb stehen. Eine U-Bahn fuhr gerade ab, und Florian stand drin.

Daniel beugte sich vor und atmete heftig. Er war ihm doch entwischt.

Er senkte kurz den Kopf und dachte nach. Dann richtete er sich auf und steckte seine Dienstwaffe und die Taschenlampe wieder zurück. Aus seiner Innentasche zog er sein Handy und wählte eine Nummer.

»Ja, Christoph. Ich bin's Daniel. Florian Köhler hat auf einem Parkplatz Charlotte Schmidt angegriffen und ist seitdem flüchtig. Ich bin hinterhergerannt, habe ihn aber in der U-Bahn …« Er drehte sich um. »… in der U-Bahn Hallerstraße verloren.«

Er trat vor eine Infografik.

»U1, Richtung Norderstedt Mitte.«

Er hörte kurz zu, was sein Chef antwortete, und ging dann wieder zurück.

Auf dem Parkplatz konnte er Charlotte nicht mehr sehen. Er wurde richtig nervös.

»Charlotte. Bist du hier?«, rief er ins Dunkel.

Es kam keine Antwort.

Langsam ging er Richtung Verlag und sah sie plötzlich, wie sie an eine Mauer gelehnt dastand.

»Hey, was machst du denn hier?«

Sie wischte sich kurz über die Augen. »Mir geht's gut. Alles klar.«

Er sah sie an, berührte vorsichtig ihr Gesicht und schob ihren Kopf leicht zur Seite.

»Du blutest.«

Sie lächelte. »Du auch.«

»Polizistenrisiko.«

»Journalistinnenrisiko.«

Daniel musste grinsen und ließ sie wieder los.

»Komm, wir fahren ins LKA und schreiben alles auf.«

Sie nickte nur.

Auf der Dienststelle ging es hektisch zu. Daniel berichtete seinen Kollegen, was geschehen war. Die Fahndung nach Florian ging raus, und Charlottes Aussage wurde aufgenommen.

Alle besprachen die aktuelle Lage und waren sich sicher, dass Florian früher oder später wieder auftauchen würde. Auch das »Männeruniversum« und die Gruppe »Salem« wurden noch einmal diskutiert, aber die Klarnamen aus dem Forum lagen noch nicht vor. Die IP-Adressen allein waren nicht aussagekräftig, weil sie entweder dynamisch und damit nicht zuzuordnen oder direkt verschlüsselt waren. Dadurch konnte nicht bewiesen werden, dass hinter »nairolf« wirklich Florian Köhler steckte, und es blieb weiter ungewiss, ob jemand anders aus der Usergruppe, beispielsweise »ritzelbaeki«, etwas mit dem Mord an Hannah Klarenheim zu tun haben könnte. Aber die Angriffe auf Charlotte ließen vermuten, dass sie auf etwas Brisantes gestoßen war. Daniel war sich zudem umso sicherer geworden, dass Florian ein Geheimnis hatte.

Sonst hätte er Charlotte nicht überfallen. Er musste unter enormem Druck stehen.

Um zwei Uhr ging Daniel über den Flur vom LKA und sah Charlotte in eine Decke gehüllt auf einem Stuhl sitzen. Er stutzte und setzte sich neben sie.

»Bist du bald zu Hause?«

Sie öffnete leicht die Decke. »Einer deiner Kollegen wollte mich gleich heimbringen.«

»Schläfst du noch in der Wohnung deiner Freundin?«

Sie guckte auf den Boden.

»Fahr lieber zu Freunden, die zu Hause sind. Du solltest im Moment nicht allein sein.«

»Ich schaffe das nicht, jetzt irgendjemandem etwas zu erklären. Es ist alles okay.«

Daniel dachte nach.

»Komm«, sagte er und stand auf. »Wir fahren zu mir.«

In seiner Wohnung legte sich Charlotte direkt auf das Sofa. Er ging in sein Arbeitszimmer, schloss seine Waffe in einen Tresor und das Magazin mit der Munition in einen zweiten.

Als er zurückkam, schaute sie ihn an.

»Komm, wir essen noch etwas«, sagte er.

»Ich will nichts essen.«

»Das wird dir aber guttun.«

Sie seufzte.

Er hatte Nudeln mit Pesto gemacht und stellte die Teller auf den Tisch. Dann sah er zu, wie Charlotte aß. Sie wirkte wieder gefasst, aber er glaubte nicht, dass es ihr gut ging. Doch sie sagte nichts dazu. Er nahm einen Bissen und hing seinen Gedanken nach. Aber dann schaute Charlotte plötzlich auf.

»Ich habe noch etwas vergessen.«

»Was denn?«

»Wusstest du, dass Hauke schwul ist?«

Daniel schüttelte den Kopf.

»Woher hast du das?«

»Das hat er mir erzählt, als ich ihn an der Alster getroffen habe.«

»Fällt dir noch etwas Interessantes ein?«

Charlotte dachte nach.

»Nein, irgendwie nicht.«

Das brachte ihn nicht viel weiter, aber er hatte Hauke bislang noch nicht befragt. Morgen müsste er das dringend nachholen.

Später legte sich Charlotte in sein Bett, und er holte sich eine Decke auf sein Sofa.

Seine Wange schmerzte, als er sich auf die Seite legen wollte. Aber das war ihm egal. Florian würde bald wieder auftauchen, und dann wäre der Fall so gut wie gelöst.

Kapitel 21

Die Dusche hatte er gebraucht. Er hängte sein Handtuch über die Heizung im Bad, zog sich an und blieb vor seinem Schlafzimmer stehen. Er klopfte, aber Charlotte antwortete nicht. Vorsichtig öffnete er die Tür. Sie hatte die Decke bis zu ihrer Schulter gezogen, und ihr langes braunes Haar verteilte sich auf dem ganzen Kissen. Er ging in den Raum, knipste die Nachttischlampe aus und setzte sich an den Rand.

Langsam drehte sie sich um.

»Wie spät ist es?« murmelte Charlotte.

»Sechs Uhr«, sagte er leise. »Bleib noch liegen. Ich wollte dich nicht stören, aber ich muss zur Arbeit.«

»Ist okay, ich gehe auch gleich.«

Er überlegte. »Bleib heute besser hier in der Wohnung. Recherchier nicht im Internet, und schalte auch dein Handy nicht an.«

Sie guckte entsetzt. »Ich soll mich hier verstecken?«

»Florian rennt noch immer draußen rum.«

»Ich könnte ja in die Redaktion fahren. Da bin ich auch sicher.«

»Charlotte, bleib einfach hier, okay?«

Jetzt betrachtete sie ihn länger.

»Ja, mache ich«, sagte sie leise.

Er lächelte und ging fort.

Später saß er mit seiner Kollegin Sarah zusammen in Christophs Büro. Sie hatte Neuigkeiten.

»Die Klarnamen der User von ›Salem‹ sind gekommen. Die Adressen, die sie bei der Registrierung für das ›Männeruniversum‹ angegeben haben, habe ich schon überprüft. Drei kommen aus Hamburg – deren Angaben stimmen. Dann gibt es noch jemanden aus Augsburg und einen aus Jelmstorf, die sind auch gemeldet.«

Seinen Onkel, den konnte er also ausschließen. Sarah fuhr fort.

»Leider muss ich euch sagen: Die Angaben von ›nairolf‹ sind gefälscht. Keine Ahnung, wie er das geschafft hat, sich damit im Forum anzumelden, aber es hat geklappt.«

Christoph und Daniel seufzten.

»Aber zu den drei Herren aus Hamburg. Einer heißt Andreas Moser, das ist der Dozent. Ein anderer Heinrich Stremmel – über den wissen wir noch gar nichts. Und aufgepasst: ›ritzelbaeki‹ ist Thorsten Gerzen und wohnt in Winterhude.«

»Daniel, wir gehen zunächst die Männer aus Hamburg durch. Besuch sie am besten gleich. Den Dozenten müssen wir ja leider ausschließen, weil er ein sicheres Alibi hat.«

Sarah hakte ein. »Ja, aber Vorsicht. Das habe ich nämlich noch einmal überprüft. Es stimmt, dass er im Hörsaal stand. Aber …« Sie hob den Finger. »Die Vorlesung endete etwas früher um 16.40 Uhr, und es sind keine zehn Minuten von der Fachhochschule bis zu Hannahs Wohnung.«

Christoph rutschte auf seinem Stuhl herum. »Aber ob er in Blitzgeschwindigkeit zu Hannah Klarenheim abgehauen ist, um sie in ihrer Wohnung zu töten? Es war doch eine Tat im Affekt.«

»Vielleicht hat Florian ihn gerufen.«

»Wie kommst du darauf?«, fragte Daniel.

Sarah zog ein Blatt hervor. »Schaut mal, das habe ich gerade aus den Untiefen des Internets gezogen.«

Daniel und Christoph guckten auf einen Fotoausdruck, auf dem eine Gruppe zu sehen war.

»Das sind Florian Köhler und Andreas Moser auf einem Kongress für Finanzsicherheit. Sie kannten sich also.«

Daniel atmete durch. »Vielleicht wollte Florian Hannah mit der

Schmiererei erschrecken, ist aber überrascht worden, und der Streit ist eskaliert. Er könnte doch Andreas Moser angerufen haben.«

»Oder Thorsten Gerzen wollte sie erschrecken. Sie könnten auch alle unter einer Decke stecken.«

»Und dann gibt es noch diese Ex-Beziehung von Florian, über die die Familie nicht spricht«, sagte Christoph und lehnte sich zurück.

»Bloß, wie finden wir die Beweise?«

»Indem wir sie ein wenig gegeneinander aufhetzen«, sagte Daniel.

Als er im Auto war, drehte er die Musik auf und fuhr zu schnell.

Die erste Adresse in Hamburg-Lokstedt war nicht weit entfernt. Er klingelte an einem einfachen weißen Wohnblock und wartete. Sofort hörte er den Türöffner. Das passierte ihm selten. Er betrat das Treppenhaus und suchte den Namen Heinrich Stremmel am Klingelschild.

Er war schon im zweiten Stock, als er von unten ein Geräusch hörte.

»Ich bin hier unten, Sie Idiot.«

Daniel schaute vom Geländer nach unten und ging runter. Im Erdgeschoss sah er einen älteren Mann, der auf ihn wartete. Er trug eine feine schwarze Hose und einen gelben Pulli. Daniel war perplex. Der Mann saß im Rollstuhl.

»Warum glotzen Sie so? Wo sind die Tabletten von der Apotheke?«

Daniel nahm sich zusammen. »Ich bin nicht von der Apotheke.« Er hielt ihm seinen Dienstausweis entgegen.

»Ich heiße Daniel Zumsande und bin vom Landeskriminalamt Hamburg. Ich möchte Sie als Zeugen im Mordfall Hannah Klarenheim befragen.«

Der Mann starrte ihn an, als hätte er ihm gesagt, dass er allein für die globale Erderwärmung verantwortlich wäre.

»Sind Sie verrückt?«

»Nein, Sie sind Mitglied im Forum ›Männeruniversum‹. Dazu möchte ich Ihnen ein paar Fragen stellen.«

Der Mann wirkte kein bisschen eingeschüchtert. »Wenn Sie das unbedingt wollen. Dann geben Sie mir einen Termin im Polizeiamt.

Aber ohne Krankenfahrdienst komme ich nirgendwohin.« Er rollte zurück in seine Wohnung. »Ach ja.« Er guckte noch einmal zurück. »Nicht morgens zwischen sieben und acht Uhr, da kommt die Pflegerin.«

Daniel blieb stehen. »Ich melde mich bei Ihnen.«

»Ja, ja.« Die Tür war zu.

Diesen Mann konnte er von der Liste streichen. Vielleicht hatte er Hannah Klarenheim gehasst, aber mit seinem Rollstuhl hätte er es niemals in ihre Wohnung geschafft. Und sie vermutlich auch nicht im Affekt erstechen können.

Andreas Moser dagegen hätte alle Kraft gehabt und ein Motiv, um Hannah Klarenheim zu töten.

Daniel saß wieder in seinem Büro, und der Dozent wirkte kein bisschen besser gelaunt als bei seinem ersten Besuch.

»Haben Sie den Mörder immer noch nicht gefunden?«

»Wir arbeiten daran.«

Daniel beobachtete ihn. Sein Haar stand noch strubbeliger ab, und sein Anzug war viel zu groß für ihn. Auf dem riesigen Drehstuhl wirkte er klein und verloren.

»Ich möchte mit Ihnen über das ›Männeruniverum‹ sprechen.«

Andreas Moser guckte zornig. »Was soll das sein?«

»Ein Forum. Und Sie sind Mitglied der Gruppe ›Salem‹?«

»Wie? Wer hat Ihnen das gesagt?«

»Der richterliche Beschluss.«

»Das darf doch wohl nicht wahr sein! Sind wir hier in einem Überwachungsstaat? Ich werde gleich ...«

»Herr Moser, kennen Sie Florian Köhler?«

»Wen? Nein, nie gehört.«

»Sind Sie sicher?«

»Ja.«

Er zeigte ihm das Foto vom Kongress für Finanzsicherheit.

»Glauben Sie, ich merke mir alle Leute, die ich mal irgendwo getroffen habe?« Andreas Moser kratzte sich am Kopf.

»Haben Sie sich im ›Männeruniversum‹ verabredet, um Hannah Klarenheim aufzusuchen? Ist die Situation dabei eskaliert?«

»Was sind das für absurde Theorien?«

»Haben Sie oder nicht?«

»Verlassen Sie jetzt sofort mein Büro, und kommen Sie erst zurück, wenn Sie mehr als nur dreckige Lügen dabeihaben.«

Sein Gesicht war tiefrot, und Daniel sah, dass er anfing zu schwitzen.

Er dagegen stand ganz gelassen auf und ging in Richtung Tür. »Die anderen der Gruppe sagen gerade im LKA aus. Ich würde mir an Ihrer Stelle überlegen, ob Ihnen nicht auch noch etwas einfällt.«

Er legte seine Visitenkarte auf ein Bücherregal und öffnete die Tür. Falle eins war platziert.

Die letzte Adresse führte ihn nach Winterhude. Als er die Straße ins Navi eintippte, merkte er, dass sie ganz in der Nähe der gemeldeten Adresse von Florian Köhler lag. Das konnte doch kein Zufall sein.

Als er die geschäftige Straße erreichte, war kein freier Parkplatz weit und breit zu sehen. Er stellte sein Auto ein kleines Stück entfernt an einem Supermarkt ab und lief durch ein Wohngebiet mit weißen Neubauten direkt zu der letzten Adresse auf seinem Zettel. Hoffentlich würde jemand zu Hause sein. Als er gerade klingeln wollte, wurde von innen die Tür geöffnet. Ein alter Mann mit einem Rollator kam ihm entgegen.

»Zu wem wollen Sie denn?«, sagte der Mann.

»Zu Herrn Gerzen. Wissen Sie, ob er zu Hause ist?«

»Ja, ja. Gehen Sie nur hoch, vierter Stock. Der arbeitet viel von zu Hause aus.«

Der Mann musterte Daniel eindringlich. »Sind Sie vom Paketdienst? Ich warte schon seit einer Woche auf ein Päckchen von meiner Enkelin.«

»Nein, bin ich nicht.«

Anscheinend konnten Männer, die sich tagsüber in Wohngebieten aufhielten, nur Zusteller sein. Daniel nahm die vielen Treppen mit

Schwung und stand vor der Wohnungstür von Thorsten Gerzen – »ritzelbaeki«.

Er klopfte und konnte durch die Glastür sehen, wie sich innen etwas bewegte. Ein Mann öffnete die Tür – er war vielleicht so alt wie er oder etwas jünger. Er hatte dichtes braunes Haar, das vorn in einer großen Tolle ins Gesicht fiel. Seine braune Wollstrickjacke hing schlaff an ihm runter.

»Ja?«, fragte er ihn verwundert.

Daniel hielt seinen Dienstausweis hoch.

»Daniel Zumsande, Landeskriminalamt. Ich muss Sie kurz sprechen.«

Thorsten Gerzen wirkte für eine Sekunde erschrocken.

»Kommen Sie bitte rein! Sie wissen, die Nachbarn.«

»In Ordnung.«

Daniel merkte, dass sein Gegenüber drei Sekunden nutzte, um sich innerlich zu sammeln. Thorsten Gerzen schaute sich um und blickte kurz in sein offenes Schlafzimmer.

»Möchten Sie vielleicht etwas trinken?«

»Nein, danke«, sagte Daniel und beobachtete ihn genau.

Der Mann steckte seine Hände in die weiten Hosentaschen seiner Jeans.

»Also, ich muss sagen, dass es mich überrascht, dass die Polizei zu mir kommt. Bin ich zu schnell gefahren?«

Er versuchte zu lächeln, aber Daniel wusste genau, dass er pokerte.

»Ich möchte mit Ihnen über das Forum ›Männeruniversum‹ und Hannah Klarenheim sprechen.«

Thorsten Gerzen stockte. »Woher wissen Sie davon?«

»Die Polizei weiß, dass Sie Mitglied der Gruppe ›Salem‹ sind.«

Sein Gesicht wurde noch weißer. »Was hat das mit Hannah Klarenheim zu tun?«

»Sie haben über sie in der Gruppe gesprochen.«

»Im ganzen Internet wurde über sie geschrieben.«

»Kennen Sie Florian Köhler?«

»Wer ist das? Nein.«

Daniel hatte keine Lust mehr auf die Spielchen.

»Haben Sie sich im Forum mit jemandem verabredet, um Hannah Klarenheim zu schaden?«

Er sah, dass der linke Arm von Thorsten Gerzen leicht zuckte. Dann schaute er auf seine Armbanduhr.

»Nein, natürlich nicht. Hören Sie, es tut mir sehr leid, aber ich habe in einer Minute eine Skype-Konferenz. Können Sie später noch einmal wiederkommen?«

Daniel ließ ihn mit seinem Blick nicht los.

»Kommen Sie bitte direkt ins Präsidium, um dort auszusagen.«

Er reichte ihm seine Karte.

»Das machen die anderen aus der Gruppe auch gerade.«

Der Blick von Thorsten Gerzen war gesenkt, als er nickte.

Er stand auf der Straße und schaute sich um. Florian Köhler wohnte offiziell nur eine Straße weiter. Ein kleiner Abstecher dahin konnte nicht schaden.

Als er vor dem weißen Altbau stand, schaute er die Fassade hoch, bemerkte aber nichts Besonderes. Eine junge Frau saß neben ihm auf einer Holzbank und sah ihm zu. Sie rauchte und gehörte anscheinend zu einer kleinen Agentur im Erdgeschoss, die irgendwas mit Werbung machte.

»Suchen Sie jemanden?«, fragte sie.

»Ja, Florian Köhler. Kennen Sie den?«

»Flo. Ja, klar.«

Daniel war in Gedanken versunken.

»Sind Sie ein Freund von ihm?«

»Nein, nicht wirklich.«

»Sind Sie Journalist?«

»Nein! Wieso sollte ich ein Journalist sein?«

Die junge Frau schlug ihre dünnen Beine übereinander und schlang eines hinter ihre Wade, sodass es fast akrobatisch aussah.

»Florian muss gerade viel durchmachen. Seine Freundin ist vor einer Woche gestorben, und die ganze Presse schreibt darüber. Armer Kerl.«

»Er ist der Verlobte von Hannah Klarenheim gewesen.«

Die Frau guckte hoch. »Sie kennen die Geschichte.«

»Ja, das tue ich.«

Sie war zum Glück gesprächig. »Flo macht sich furchtbare Vorwürfe. Dabei kann er nichts dafür. Er war hier in seiner Wohnung, als seine Freundin ermordet wurde. Schrecklich ist das.«

Daniel horchte auf. »Er war in seiner Wohnung?«

»Ja.«

»Um wie viel Uhr war das?«

»Vier.«

»Sind Sie sicher?«

»Ja. Ich habe die Zeit immer im Blick, weil wir unsere Stunden auf Kundenprojekte buchen.«

In Daniels Kopf flossen die Gedanken zusammen. Florian Köhler hatte angegeben, dass er zur Tatzeit zwischen sechzehn und siebzehn Uhr auf der Rückfahrt von einem Kundentermin war.

»Wissen Sie, wann er das Haus wieder verlassen hat?«

»Nein, das kann ich Ihnen nicht sagen. Darauf habe ich nicht geachtet.«

Daniel holte eine Visitenkarte aus seiner Jackentasche. »Ich muss Sie leider bitten, mit mir zum Landeskriminalamt zu kommen und Ihre Aussage zu Protokoll zu geben.«

Die Frau erschrak. »Sind Sie von der Polizei?«

»Ja.«

Die Frau drückte hektisch ihre Zigarette in einem Aschenbecher aus. »Habe ich etwas Schlimmes gesagt?«

Er fuhr mit ihr zurück ins LKA. Als sie aus dem Aufzug ausstiegen, kam ihm Sarah mit einer Akte in der Hand entgegen.

»Hey, kannst du die Zeugenaussage dieser Dame aufnehmen? Es geht um die Zeit, in der Florian Köhler am Dienstag zu Hause war.«

Sarah nickte und reichte ihm die Akte. Leise sagte sie zu ihm: »Florian sitzt mit seinem Anwalt in Raum zwei.«

Daniel hielt den Atem an und ging schnell den Gang hinunter.

Obwohl, eine Sache hatte er vergessen. »Ach, Sarah, noch etwas. Kannst du bitte Hauke Luhm, den Nachbarn von Hannah Klarenheim, für heute ins Präsidium bestellen?«

»Klar, mache ich.«

Christoph kam ihm schon entgegen. »Er hat sich freiwillig gemeldet. Dann auf ins Verhör!«

Die beiden Männer gingen rein und erblickten Florian, der aussah wie ein Häufchen Elend. Daniel musste ihm jetzt nur noch den Rest geben, damit er gestehen würde.

Er kam gleich zur Sache, nachdem sie Platz genommen hatten. »Herr Köhler, Sie haben gestern Charlotte Schmidt angegriffen. Danach sind Sie geflohen. Erklären Sie das doch einmal!«

»Ich habe sie nicht angegriffen. Wir haben diskutiert. Frau Schmidt ist eine dieser Journalistinnen, die die Wahrheit verdrehen, um eine Story zu bekommen.«

»Diskutiert? Natürlich. Sie haben sie brutal geschlagen und gestoßen.«

»Das habe ich nicht!«

»Warum sind Sie dann weggelaufen?«

Der Anwalt kam ihm zuvor. »Dieser Vorfall tut meinem Mandanten sehr leid. Er geht gerade durch eine schlimme Zeit, weil seine Verlobte getötet wurde und die Presse das Thema bis ins kleinste Detail ausschlachtet. Er hat gestern überreagiert, weil er sich Sorgen gemacht hat.«

Daniel und Christoph sagten nichts, sondern schauten ihn an. Florian Köhler drehte sich seitlich auf den Stuhl, holte ein Taschentuch raus und wischte sich übers Gesicht.

Daniel beugte sich vor. »Sie haben in Ihrer ersten Aussage angegeben, dass Sie am sechsten März 2018 zwischen sechzehn Uhr und siebzehn Uhr auf der Rückfahrt von einem Kundentermin waren. Also auf der Autobahn zwischen Lüneburg und Hamburg.«

»Ja, das stimmt.«

»Eine Zeugin hat aber ausgesagt, dass Sie bereits um sechzehn Uhr in ihrer Wohnung in Winterhude eingetroffen sind. Warum haben Sie uns angelogen?«

Florian Köhler rang sichtlich mit der Fassung. Er sagte jedoch nichts.

»Ich frage Sie noch einmal – warum haben Sie gelogen? Sind Sie zu Ihrer Verlobten Hannah Klarenheim gefahren?«

»Nein«, schrie Florian Köhler plötzlich. »Nein, nein, nein!«

Daniel ließ sich nicht aus der Ruhe bringen, sondern wiederholte beharrlich: »Warum haben Sie gelogen?«

Florian Köhler fuhr sich mit dem Taschentuch durchs Gesicht.

»Es stimmt, der Termin war früher als erwartet vorbei, und ich war schon um vier zurück in meiner Wohnung. Ich bin aber dort geblieben, bis mich Hauke angerufen hat.«

»Noch einmal: Warum haben Sie gelogen, Herr Köhler?«

Florian schniefte und wippte leicht mit dem Oberkörper hin und her. »Ich habe einfach eine Pause gebraucht. Diese ganzen Shitstorm-Geschichten haben mich fertiggemacht. Ich wollte nach der Arbeit nur zwei Stunden für mich haben. Verstehen Sie, nur mal kurz Ruhe.« Daniel fixierte ihn, aber Florian Köhler wich seinem Blick sofort aus.

»Außerdem kam mir der Zeitraum passend vor, weil Hannah ja ohnehin zum Interview verabredet war.«

»Wenn das stimmt, warum haben Sie das dann nicht einfach der Polizei gesagt?«

Florian Köhler legte seine Hände aufs Gesicht. »Weil ich mich geschämt habe. Ich habe meine Verlobte im Stich gelassen. Ich hätte bei ihr sein müssen, aber ich war nicht da. Genau in der Stunde, in der sie mich am meisten gebraucht hätte, habe ich mich ausgeruht.« Seine Augen füllten sich mit Tränen.

Sein Anwalt berührte seinen Arm und sah Daniel an. »Wenn Sie keine weiteren Fragen an meinen Mandanten haben, möchten wir an dieser Stelle abbrechen. Sie sehen ja selbst, in welcher Verfassung mein Mandant ist. Außerdem liegt ja nicht das Geringste gegen ihn vor.«

Es stimmte leider, was der Anwalt sagte.

»Gleich. Ich habe nämlich noch ein paar andere Fragen. Sind Sie Mitglied im Forum ›Männeruniversum‹?«

Florian Köhler schaute auf. »Wie bitte?«

»Das ›Männeruniversum‹. Sind Sie ›Nairolf‹?«

Daniel versuchte seine Mimik zu durchschauen, aber er spielte perfekt das Unschuldslamm. »Ich habe überhaupt keine Ahnung, was Sie meinen.«

»Mein Mandant kennt dieses Forum nicht. Was hat das überhaupt mit dem Mordfall zu tun?«

Florian Köhler stellte sich stur, aber Daniel hatte noch einen Joker.

»Kennen Sie Andreas Moser?«

»Den Dozenten von der Fachhochschule?«

»Genau.«

»Was hat er mit Hannah zu tun? Ist er etwa der Mörder?«

»Haben Sie sich zusammen verabredet?«

»Wozu?«

»Hören Sie.« Der Anwalt griff wieder ein. »Sobald Sie etwas Konkretes vorlegen können, melden Sie sich wieder. Aber wir gehen jetzt.«

»Sie bleiben hier!«, sagte Daniel mit leicht erhobener Stimme.

Christoph sah Daniel an und forderte ihn auf, kurz rauszugehen.

»Wir müssen ihn gehen lassen«, sagte er, als sie draußen auf dem Gang waren. Er klopfte Daniel auf die Schulter und verschwand.

Daniel spürte, wie die Wut in ihm hochkochte, aber er hatte keine Argumente in der Hand. Noch nicht.

Er ging zurück ins Vernehmungszimmer und sagte Florian Köhler, dass er gehen könne.

Der wirkte erleichtert und lief mit dem Anwalt zur Tür.

»Herr Köhler«, rief ihm Daniel noch nach. »Die anderen aus der Gruppe sagen auch gerade aus.«

Florian guckte irritiert und verschwand.

Daniel griff mürrisch nach seinen Unterlagen. Er war maßlos enttäuscht. Sie hatten so viele Puzzleteile, aber das Bild ließ sich einfach nicht zusammensetzen.

Als er wieder draußen war, wartete Christoph in der Tür seines Büros auf ihn.

»Daniel, kannst du noch einmal kurz reinkommen?«

»Natürlich.«

Drinnen setzte sich Christoph hinter seinen Schreibtisch und Daniel auf einen Besucherstuhl. Er lehnte seinen Arm auf die Lehne und fuhr sich mit der anderen Hand durch sein Gesicht. »Wir kriegen die schon. Ich habe bei allen Druck aufgebaut. Einer von denen wird bald singen.«

»Es geht um etwas anderes.«

Daniel drehte sich abrupt um, und Christoph guckte ernst.

»Wie soll ich es bloß sagen? Kurz und schmerzhaft: Schläfst du mit Charlotte Schmidt?«

Daniel wusste erst nicht, wie er reagieren sollte. »Nein!«, brauste er dann auf.

»Ben hat erzählt, dass sie bei dir zu Hause war.«

Stimmt, das hatte er schon vergessen.

»Nach ihrem Einbruch habe ich sie mit zu mir genommen, weil ich sie befragt habe. Sie hatte Angst.«

»Wo ist sie jetzt?«

Daniel rieb sich die Augen. »Bei mir«, sagte er leise. »Es ist nicht verboten, sich mit einer Zeugin zu treffen«, schob er nach.

»Nein, das nicht.« Christophs Stirn legte sich in tiefe Falten. »Hast du Informationen an sie weitergegeben?«

Daniel sah schnell auf. »Ganz bestimmt nicht. Ich habe rein gar nichts gesagt, sondern mir nur angehört, was sie recherchiert hat. Das habe ich alles weitergegeben und protokolliert.«

Christoph holte Luft. »Kennst du die *Versus* von gestern?«

Daniel schüttelte den Kopf. Er hatte keine Zeit, um irgendwelche Nachrichtenmagazine durchzulesen.

»Sie haben einen Absatz darüber geschrieben, was ich auf der ersten Pressekonferenz anhatte.«

Daniel verstand nicht.

»Die ganze Mediennation guckt auf diesen Fall, und die Kritiker, die die Hamburger Polizei nach dem G20-Gipfel verurteilt haben, sind alle wieder auf dem Plan. Obwohl beides nichts miteinander zu tun hat. Aber wir sind in ihrem Blickfeld. Verstehst du? Wir drucken deswegen noch nicht einmal auf dem falschen Papier aus.«

Daniel senkte wieder seinen Blick, aber Christoph fuhr fort. »Wir bei der Polizei sind eine Familie, und soweit ich das bis jetzt beurteilen kann, machst du einen sehr guten Job. Deshalb gehst du heute Abend nach Hause und schickst sie weg.«

Daniel fühlte sich mies, aber er nickte.

Er zog sich in sein Zimmer zurück und studierte noch einmal seine gesamten Unterlagen. Die Kollegen beschatteten währenddessen Florian Köhler und Andreas Moser, und er hoffte, dass Hauke Luhm und Thorsten Gerzen bald im LKA auftauchen würden. Aber nichts geschah.

Nach einer Stunde kam Sarah ins Büro.

»Hauke Luhm hat sich gemeldet. Er hat heute leider keine Zeit, weil er arbeiten muss.«

Daniel rollte mit den Augen.

»Der spinnt ja. Dann fahr ich eben zu ihm.«

Er stand auf, streifte seine Lederjacke über und ging mit Sarah zurück auf den Flur.

»Ist Thorsten Gerzen noch nicht aufgetaucht?«, fragte er sie.

Sarah schüttelte den Kopf.

In diesem Moment kam Christoph vorbei.

»Fährst du weg?«

»Ich befrage Hauke Luhm und komm danach zurück, falls Thorsten Gerzen doch noch reinkommt.«

»Okay, aber diesen Herrn Gerzen kann auch jemand anders übernehmen. Nach der Befragung gehst du nach Hause und regelst am besten deine Angelegenheiten.«

Daniel blieb einen Moment regungslos stehen. Dann wickelte er sich langsam seinen schwarzen Wollschal um den Hals und nickte.

Sarah schaute von einem zum anderen, aber sie sagte nichts.

»Bis morgen!« Christoph klopfte ihm auf die Schulter und ging weiter.

Am Ende des Gangs erschien die Oberstaatsanwältin, die gerade in sein Büro wollte.

Daniel stand inzwischen vor dem Haus von Hannah Klarenheim und schaute auf die vielen Kerzen und Texte.

»Wir werden dich vermissen«, las er und: »Warum?«

Gute Frage: Warum?

Er hätte gedacht, dass sie heute den Fall knacken würden, aber dieses blöde »Warum?« und vor allem »Wer?« standen noch immer im Raum.

Er klingelte bei Hauke Luhm und wartete. Links neben ihm öffnete sich eine Gardine leicht und wurde schnell wieder zugezogen.

Danach hörte er den Türsummer.

Hauke Luhm wartete schon im Flur auf ihn und sprang wieder hektisch von einem Bein aufs andere. Er trug eine hellblaue Chinohose und ein weißes Hemd mit aufgedruckten Palmen.

»Herr Zumsande. Das war doch Ihr Name, oder? Sie kommen direkt zu mir.«

Er hüpfte fast zurück in seine Wohnung.

»Ich weiß, dass Sie viel zu tun haben, aber diese Mordermittlungen sind leider dringend. Kann ich kurz reinkommen?«

»Natürlich, sicher, es tut mir sehr leid. Kommen Sie doch weiter!«

Daniel stand wieder in seinem Wohnzimmer, und Hauke klatschte aufgeregt in die Hände.

»Möchten Sie vielleicht einen Espresso? Ich habe einen ganz tollen Kaffee aus Italien. Den werden Sie lieben. Fantastische Qualität.«

Daniel zog seinen Schal aus. »In Ordnung. Ich nehme gern einen.«

»Soll ich Ihnen die Jacke und den Schal abnehmen?« Hauke berührte ihn am Arm.

»Die Jacke behalte ich gern an.«

Hauke sprang einen Schritt zurück. »Ich bin gleich wieder da.«

Als er weg war, schaute sich Daniel etwas um. Diese Wohnung könnte auch in einer trendigen Hipster-Zeitschrift landen. Er ging rüber zu einem kleinen Schreibtisch und betrachtete die vielen gerahmten Fotos, die an der Wand hingen.

Von jedem strahlten ihm lächelnde Menschen entgegen. Auf einmal entdeckte er Florian Köhler auf einem Bild. Er ging näher ran. Er sah ihn umgeben von Bäumen, im Hintergrund stand ein großes Haus. Moment mal, das kannte er doch.

Aber es war so dunkel hier im Raum. Er versuchte, die gelbe Schreibtischlampe neben sich anzuknipsen, aber sie funktionierte nicht. Komisch. Er hob sie hoch und entdeckte, dass die Glühbirne zersprungen war. Dann eben nicht.

Schnell griff er in seine Jacke und holte seine Taschenlampe raus.

Ganz sicher, das hier war das berühmte Romantikhotel Waldenwurf im Bergischen Land. Er war selbst einmal mit seiner Ex-Freundin Martina auf einer Hochzeit ihrer Freundin dort gewesen. Danach hatten sie die Chance genutzt und waren noch ein paar Tage länger geblieben.

»Da bin ich auch schon wieder.« Hauke schwebte zurück ins Wohnzimmer. In seinen Händen hielt er ein Tablett mit zwei Espresso-Tassen. Daneben hatte er eine kleine Vase mit einer Blume platziert.

Er stockte, als er Daniel mit der Taschenlampe sah. »Das hat mir Florian einmal geschickt. Ich fand es so schön mit dem Wald.«

»Wissen Sie, mit wem er dort war? Hannah Klarenheim vielleicht?«

Hauke stellte die Tassen auf seinem Couchtisch ab und setzte sich aufs Sofa. Daniel nahm auf dem Sessel Platz.

»Nein, das war vorher. Ehrlich gesagt, hat er mir das nicht verraten. Aber er schrieb, dass er dort sehr, sehr glückliche Tage verbracht habe.«

Daniel wurde langsam aufgeregt. »Wissen Sie, ob Florian eine Ex-

Beziehung hatte, die er vor anderen verheimlicht hat? Hat er Ihnen darüber etwas anvertraut?«

Hauke strich am Rand seiner Tasse entlang und wischte sie sauber. »Das kann ich Ihnen doch nicht weitersagen.«

Daniel kniff die Lippen zusammen. »Herr Luhm, wir ermitteln in einem Mordfall. Ist Ihnen das bewusst?«

Hauke schluckte. »Ich kenne keinen Namen. Ich weiß nur, dass seine Familie mit einer Freundin nicht einverstanden war.«

»Warum nicht?«

»Das weiß ich nicht.«

»Sie wissen als einziger Freund von dieser Beziehung, Herr Luhm. Aber mehr Details hat er Ihnen nicht gesagt? Das klingt nicht ganz überzeugend.«

»Aber so ist es.« Seine Augen füllten sich mit Tränen. »Zu mir kommen viele Menschen und verraten Dinge, die sie anderen niemals anvertrauen würden. Aber Florian wollte in diesem Punkt nicht mehr sagen. Das hat ihn wohl sehr belastet.«

»Hat diese Ex-Freundin Einfluss auf die Beziehung zu Hannah Klarenheim gehabt?«

»Das weiß ich nicht.«

Daniel grummelte. »Seit wann sind Sie eigentlich mit Florian befreundet?«

Hauke atmete tief ein und dachte nach. »Vielleicht fünf, sechs Jahre. Wir kennen uns ja aus der Bank.«

»Was machen Sie da genau?«

»Ich bin freier Web-Berater?«

»Wie kann ich mir das vorstellen?«

»Na, ich erkläre meinen Kunden, welche Funktionen bei einem Internet-Auftritt entscheidend sind, wie die Userführung gestaltet werden muss und so was. Manchmal arbeite ich auch am Webdesign und bei der Programmierung mit.«

Daniel rieb sich die Finger. »Alles klar. Hatte Florian Kolleginnen, mit denen er sehr vertraut war. Wissen Sie da was?«

Hauke machte große Augen. »Nein, da ist mir nichts aufgefallen.«

Daniel zog seine Visitenkarte aus der Tasche und legte sie auf den Tisch. »Okay, rufen Sie mich sofort an, wenn Ihnen mehr in den Sinn kommt. Denken Sie immer daran, dass eine Frau brutal erstochen worden ist. Ihre Nachbarin!«

Hauke nickte. Daniel wusste, dass er weinen würde, sobald er aus der Tür war.

Als er im Auto war, holte er sein Handy raus und rief Sarah an.

»Hi! Kannst du für mich etwas rausfinden? Ich glaube, dass Florian Köhler mit seiner heimlichen Beziehung Gast im Romantikhotel Waldenwurf im Bergischen Land war. Leider weiß ich nicht, wann das war. Könntest du rausfinden, mit wem er dort war?«

»Moin! Und ja, mache ich.«

»Danke! Und ist Thorsten Gerzen inzwischen aufgetaucht?«

»Nein, bislang nicht.«

Daniel überlegte. Christoph hatte gesagt, dass er nach Hause fahren sollte. Er seufzte und startete den Wagen.

Auf dem Weg zu seiner Wohnung fuhr er vorschriftsmäßig und ließ jeden vor, der es eilig hatte. Aber irgendwann war er da – bei sich zu Hause.

Er ging die vier Stockwerke hoch und schloss seine Wohnungstür auf. Aus der Küche hörte er Geräusche.

Er bog um die Ecke und sah, wie Charlotte vor seinem Herd stand und eine Pfanne hin und her schob. Sie wirkte ganz angestrengt.

Als sie ihn entdeckte, guckte sie erst überrascht, aber dann lächelte sie. »Hey, du bist zurück.«

»Hallo, du!« Er setzte sich auf einen Barhocker.

»Guck mal, ich habe für uns Curry gekocht.« Sie hob die Pfanne an und zeigte ihm, was sie gebrutzelt hatte.

Er hatte keinen Hunger.

Ihr Lächeln verschwand, und sie setzte die Pfanne auf einem Untersetzer neben dem Herd. Dann schaltete sie die Platte aus.

»Was ist passiert?«, fragte sie.

»Nichts Besonderes. Wie geht es dir denn?«

Sie grinste langsam wieder. »Ach, ich bin es gar nicht gewohnt, mal nichts zu tun. Ich würde so gern weiterrecherchieren, wenn die Kommentare nicht wären. Und Florian Köhler mich nicht auf einem Parkplatz angegriffen hätte ...«

Daniel merkte, dass sie glücklich war. Wie sollte er es ihr nur sagen?

»Kann ich dich zu Freunden bringen, bei denen du dich wohlfühlst?«

Charlottes Bewegungen froren augenblicklich ein, und ihr Gesicht wurde ausdruckslos. Sie schaute ihn intensiv an.

Sein Magen zog sich fester zu.

Dann wich sie seinem Blick aus und sagte: »Ich habe verstanden. Ich pack nur kurz meine Sachen und bin weg.«

Daniel stand schnell auf und berührte sie am Arm. Sie zog ihn hastig weg.

»Es tut mir leid. Mein Chef hat rausgefunden, dass du bei mir warst beziehungsweise immer noch bist. Nach außen wirkt es so, als würde ich Informationen an dich weitergeben.«

Charlotte sah an seiner Schulter vorbei ins Nichts. »Das ist überhaupt kein Problem, ich verstehe das.«

Sie putzte sich die Hände an einem Geschirrtuch ab und verschwand dann im Schlafzimmer.

Er kam hinter ihr her. »Ich kann dich fahren.«

Sie drehte sich um und stellte sich ganz dicht vor ihn. Dabei sah sie ihm direkt in die Augen.

»Du bist Polizist, und ich bin Journalistin. Wir sind erwachsen und professionell. Danke für die Übernachtung!«

Daniel wusste nicht, was er tun sollte.

Als sie den Raum verließ, blieb er einfach stehen. Danach hörte er, wie seine Wohnungstür zufiel.

Kapitel 22

Charlotte hatte ihr Handy wieder eingeschaltet. Vielleicht hatte Kerstin in der Zwischenzeit versucht, sie zu erreichen. In derselben Sekunde, in der das Smartphone wieder online war, rief Hauke an. Sie ging ran.

»Hallo, Hauke! Wie geht es dir?«

»Ach ja, nicht so gut. Mich nimmt alles sehr mit. Und bei dir?«

»Mich erwischst du gerade auch in einer schwierigen Minute.«

»Was ist denn passiert?«

»Nein, nichts.«

»Mir kannst du es doch erzählen.«

»Na ja, ich weiß zurzeit nicht, wohin ich soll. Ich könnte in meine Wohnung zurückgehen, aber dort fühle ich mich nicht sicher. Ich rufe jetzt bei Freunden an.«

»Du fühlst dich nicht sicher?«

»Es tut mir leid, Hauke. Gerade kann ich noch nicht darüber reden.«

»Nein, kein Problem. Wo bist du denn?«

»Eppendorfer Weg, ich nehme mir jetzt ein Taxi.«

»Wieso kommst du nicht zu mir? Dann trösten wir uns gegenseitig. Ich wohn doch gleich um die Ecke.«

Warum eigentlich nicht, dachte Charlotte. Er war wirklich nett.

»Okay, ich komme.«

»Super.«

Als sie auf dem Weg zu ihm war, kam er ihr schon entgegengelaufen.

Hauke war wieder ganz aufgeregt. Hektisch nahm er ihr die Handtasche ab.

»Jetzt kommst du erst einmal rein.«

Hauke wurde ruhiger, als sie in seiner Wohnung waren.

»Aber Florian kommt nicht hierher, oder?«, fragte sie vorsichtig.

Hauke guckte sie traurig an. Er sah nicht gut aus. Sein Palmenhemd hing schlaff an ihm runter, seine Gesichtsfarbe war fast grau. Trotzdem lächelte er für sie. »Ich weiß, du bist misstrauisch, was ihn angeht, aber er ist unschuldig. Er hätte Hannah nie etwas getan.«

Charlotte ließ sich auf das Sofa fallen. Vor ihr stand der Sessel, auf dem vor wenigen Tagen Daniel gesessen hatte. Und daneben Florian.

»Ich finde es toll, wie du ihn beschützt. Aber versprichst du mir trotzdem, dass er hier heute Nacht nicht auftauchen wird? Morgen kann ich mir eine Lösung überlegen. Dann rufe ich meinen Bruder an, damit er mich abholen kommt.«

»Du kannst hier so lange bleiben, wie du willst.«

Besser nicht. Auf ein Wiedersehen mit Florian könnte sie verzichten. Hauke kam näher und berührte vorsichtig ihre Schulter.

»Wenn ich dich jetzt frage, ob du etwas essen willst, sagst du bestimmt ›Nein‹, gell?«

Charlotte schaute hoch. »Richtig. Du weißt alles, nicht wahr?«

»Ja, das tue ich. Dann mache ich uns einen Tee.«

»Danke!«

Hauke nahm seine Hand wieder weg und ging in die Küche. Charlotte schaute ihm nach. Dann holte sie ihr Handy raus, um es wieder auszuschalten.

Aber sie stockte. Sie hatte eine Nachricht von Daniel bekommen.

> Ich finde es sehr schade, dass ich dich nicht hinbringen durfte. Bitte sag mir trotzdem, bei wem du untergekommen bist, und schick mir die Adresse. Die Ermittlungen laufen noch. Daniel.

Ohne nachzudenken, schrieb sie knapp zurück:

Hauke Luhm.

Sie schaltete das Handy aus und legte es zurück in ihre Handtasche. In dem Moment kam Hauke mit zwei Tassen zurück.

Sie setzte sich wieder auf das Sofa, lächelte ihn an, nahm die Teetasse in die Hand und pustete auf das heiße Wasser.

»Jetzt erzählst du mir alles«, sagte er.

»Nein, ich will dich nicht nerven. Du bist sicher müde.«

Hauke streckte seinen Oberkörper durch. »Na, hör mal. Du glaubst doch nicht, dass ich eine gestrandete Frau im Wohnzimmer sitzen lasse und dann seelenruhig ins Bett gehe.«

Er war so aufmerksam. Charlotte gab die Geschichte nur in groben Zügen wieder. Der Shitstorm gegen sie, die Begegnung mit Florian, ihre Nacht bei Daniel. Sie fasste sich kurz, denn die Sorge, dass am Ende zu viele Infos bei Florian Köhler landen könnten, war ihr zu groß.

Hauke hatte die ganze Zeit interessiert zugehört. »Du bist verrückt, weißt du das? Das war unglaublich gefährlich.«

»Ich weiß, aber ich habe auch eine Menge rausgefunden.«

Hauke sank zurück in den Sessel und legte sich die Hände über das Gesicht. »Wieso lässt du nicht die Polizei ermitteln?«

»Die Polizei ermittelt doch. Ich recherchiere nur als Journalistin.«

Hauke atmete durch und trank einen Schluck Tee. »Aber mit dir ist trotzdem so viel Böses passiert. Ich habe letzte Woche schon eine Person verloren, und ich will nicht, dass du auch noch sterben musst«, sagte er leise.

Sie war gerührt. »Mir passiert schon nichts«, beruhigte sie ihn.

Mit einem Knall setzte er plötzlich die Tasse auf dem Plexiglastisch ab und schüttelte den Kopf. »Wie kannst du das sagen?«

Charlotte zuckte zusammen. »Ich bin doch jetzt bei dir«, verteidigte sie sich.

»Da hast du recht«, sagte er wieder leise vor sich hin und guckte traurig.

Sie beugte sich in seine Richtung vor. »Du machst dir Sorgen um Florian, richtig? Irgendwas ist mit ihm aber nicht in Ordnung.«

Er blickte auf. »Wieso glaubst du so fest daran, dass es Florian ist, der etwas versteckt. Wieso nicht Hannah?«

Sie war verdutzt. »Wie meinst du das?«

Er drückte seine Finger an die Kante des Tisches. »Mir ist etwas aufgefallen. Ich hätte mich nie getraut, es jemandem zu sagen, aber nun zeig ich es dir einfach.«

Er stand auf und schaute von oben auf sie runter. »Komm mit!«

Er ging zur Balkontür, öffnete sie und guckte hoch.

»Zieh besser deine Schuhe an. Wir werden klettern gehen.«

Über ihm war die versiegelte Wohnung von Hannah Klarenheim. Sie zog schnell ihre Jacke und Schuhe an und folgte ihm. Als sie draußen stand, verstand sie, was er vorhatte. An einer Seite seines Balkons führte eine Sprossenleiter zum oberen Stockwerk. Er berührte sie an der Schulter und schaute sie aufmunternd an.

»Das ist eigentlich nicht dazu gedacht, dass man darauf rumspaziert. Aber du hast doch keine Angst, oder?«

»Aber ihre Balkontür wird geschlossen sein.«

»Vertrau mir!«

Er hielt sich fest und setzte einen Fuß auf den Balkonsims, dann zog er den anderen nach und war schon nach oben verschwunden. Sie hörte ihn auf den Balkon springen.

»Jetzt du«, rief er ihr leise zu.

Sie zog einen seiner Balkonstühle an die Wand, stellte sich drauf und versuchte langsam hochzuklettern. Die Sprossen waren stabil. Oben angekommen, schwang sie sich über die Brüstung und ließ sich vorsichtig auf den Balkon von Hannah Klarenheim fallen.

Sie drehte sich noch einmal um und schaute, ob sie jemand beobachtete, aber sie konnte nichts erkennen. Die Balkone auf der gegenüberliegenden Seite waren weit weg.

Er zog seine Hand in den Ärmel und drückte mit dem Stoff an die Balkontür von Hannah Klarenheim. Sie gab nach, und er öffnete sie weit.

»Bitte kommen Sie doch rein, Frau Schmidt!«

Als sie drinnen waren, lehnte Hauke die Balkontür an und schloss die Vorhänge. Dann ging er rüber zu einer silbernen Stehlampe und machte Licht. Charlotte registrierte, dass sie zum ersten Mal im Wohnzimmer von Hannah Klarenheim stand. Sie schaute sich um. Eine Wand war komplett vollgestellt mit weißen Billy-Regalen, in denen Bücher, Vasen und Boxen lagen. Davor stand ein großes, L-förmiges graues Sofa. Auf dem Boden lag ein weißer Teppich.

»Der Tatort ist noch gesperrt. Was ist, wenn sie unsere DNA finden?«

Hauke war zu einem Regal gegangen und setzte sich in die Hocke. »Meine DNA liegt hier sowieso überall rum. Ich war öfter bei Hannah.« Er suchte etwas.

»Aber ich war nicht öfter hier.« Langsam bekam sie Angst.

»Du hast sie gefunden.«

»Aber nicht im Wohnzimmer.«

»Das ist doch egal.«

»Warst du schon mal hier, seit sie tot ist?«

»Ja, einmal. Ich musste etwas nachgucken.«

»Was denn?« Charlotte hatte sich die ganze Zeit keinen Zentimeter bewegt. Ihr gruselte davor, dass ihre Haare abfallen könnten und man deshalb ihre DNA finden würde.

Er zog ein Fotoalbum aus einem der unteren Regalbretter. »Das hier.«

»Fotos?«

»Genau, Fotos.«

Hauke setzte sich auf das Sofa und rückte die Lampe näher in seine Richtung. Dann schaute er Charlotte an.

»Na komm!«

Es nützte nichts, wenn sie die Wahrheit herausfinden wollte, musste sie dieses Risiko eingehen.

Sie setzte sich zu ihm aufs Sofa und schaute mit ihm ins Album. »Was suchst du denn?«

»Gleich.«

Er hörte auf zu blättern und tippte mit dem Finger auf ein Foto. »Schau mal hier!«

Charlotte erkannte Hannah Klarenheim, auch wenn sie auf dem Foto noch sehr jung aussah. Sie stand auf einem Rasen mit einer Gruppe Menschen. Vor ihr befand sich ein kleiner Junge, auf dessen Schulter sie eine Hand legte. Alle sahen sehr schick aus, als wären sie auf einer festlichen Feier. »30. Juli 2000, Sommerfest bei Familie Moser«, war mit der Hand unter das Bild geschrieben worden.

»Was soll das für ein Geheimnis sein? Sie war vor achtzehn Jahren auf einem Sommerfest.«

Hauke blieb ruhig. »Das war der Sommer nach ihrem Abitur.«

»Na und?« Charlotte war genervt, dafür verteilte sie ihre DNA am Tatort?

»Hannah hat mir einmal erzählt, dass sie nach dem Abitur als Au-pair in den USA war.«

»Was soll's? Vielleicht war sie das auch, aber halt nach dem 30. Juli 2000.«

»Aber es gibt keine Fotos von dieser Zeit.«

»Sie könnte doch Extra-Alben angelegt und sie woandershin gestellt haben.«

»Das habe ich zuerst auch gedacht, deshalb bin ich noch mal hergekommen. Aber es gibt keinen Beweis weit und breit, dass sie jemals Au-pair in Amerika war.«

Charlotte war kurz davor, ernsthaft gereizt zu sein. »Dann hat sie in diesem Punkt gelogen, oder ihr habt euch missverstanden.«

Hauke tippte wieder auf das Foto. »Oder sie wollte eine andere Tatsache verstecken. Hannah ist in der Nähe von Glücksburg bei Flensburg aufgewachsen. Auf einem Gutshof, um genau zu sein. Dort führt eine adlige Familie ein großes Herrenhaus, und einige normale Familien leben drumherum. Ganz idyllisch, das Ganze.«

Worauf wollte er hinaus?

»Seit dem Mord finde ich einfach keine Ruhe mehr, und da habe ich mir diesen Gutshof mal genauer angesehen. Na ja, ich bin durch das Bezahl-Archiv der Flensburger Nachrichten gegangen, weil ich dort sowieso ein Abo habe.«

Er atmete durch. Charlotte hielt die Luft an. »Ich habe einen Artikel gefunden, in dem steht, dass es am 10. August 2000 einen großen Brand in einer Scheune auf dem Gutshof gab. Und ...«

Charlotte hielt es nicht mehr aus. »Was?«

»Dabei ist ein siebenjähriger Junge gestorben.«

»Wirklich?«

»Ja, ich habe mir die folgenden Wochen im Archiv auch noch angeschaut. In der Zeitung stand später, dass die Brandursache nie geklärt werden konnte. Mehr habe ich leider nicht rausgefunden.«

Charlotte musste ihre Gedanken sortieren. »Was hat das zu bedeuten?«

Hauke sprach weiter. »Vielleicht wusste Florian etwas davon und war deshalb so sauer, weil er nicht wollte, dass du etwas Negatives über Hannah herausfindest.«

Für Charlotte ergab das alles noch keinen Sinn. »Aber was haben dieser Shitstorm und der Mord mit dem Brand zu tun? Das passt doch nicht zusammen.«

Hauke schaute ihr in die Augen. »Hannahs Name stand nach dem Shitstorm in vielen Medien. Es könnte doch sein, dass ein Bruder von diesem verstorbenen Kind, ein Cousin, die Mutter oder wer auch immer auf sie aufmerksam geworden ist und Rache üben wollte ... Aber das ist nur eine Theorie von mir. Vielleicht ist das auch alles nur Quatsch.«

»Lass uns bitte wieder nach unten gehen, okay.«

Hauke klappte das Fotoalbum zu, stand auf und stellte es zurück. »Ist gut ... Ich habe doch nichts Falsches gesagt, oder?«

»Du musst das unbedingt morgen der Polizei melden. Versprichst du mir das?«

Hauke schaute sie an. »Ja, das wollte ich sowieso. Es ...«

»Was denn?«

»Es fällt mir einfach unglaublich schwer, andere Leute zu belasten.« Seine Augen füllten sich mit Tränen.

Sie ging zu ihm rüber und drückte seinen Arm. »Du schaffst das, Hauke. Das ist der richtige Weg.«

Danach kletterten sie wieder in seine Wohnung zurück.

Als sie unten war, fiel ihr ein, dass sie im Moment keine Möglichkeit hatte zu recherchieren. Ihr Handy wollte sie nicht einschalten, ihr Computer war geklaut worden, und den von Kerstin hatte sie natürlich nicht mitgenommen.

»Es tut mir leid, Hauke. Hast du vielleicht irgendeinen alten Laptop oder so, den ich morgen mal benutzen könnte? Ich würde gern noch etwas zu diesem Gutshof und dem Brand recherchieren. Aber nur, wenn es okay ist.«

Hauke lächelte sie an. »Klar. Morgen kannst du mein iPad haben, wenn das genügt. Den Laptop muss ich leider mit ins Büro nehmen.«

Charlotte nickte heftig. »Das wäre super, danke!«

Hauke sah sie aufmerksam an. »Aber jetzt legst du dich erst einmal hin. Ich geh rüber ins Schlafzimmer, weil ich noch etwas arbeiten muss.«

»Ja, das ist eine gute Idee. Ich kann einfach hier auf dem Sofa schlafen.«

Hauke war wieder besorgt. »Nein, nein. Das hier ist eine Schlafcouch. Die mache ich dir richtig schön. Du sollst eine gute Nacht haben.«

Er war schon eifrig dabei, das Sofa umzustellen, und holte Bettzeug aus einem Kasten. Dann flitzte Hauke in die Küche und kam mit einem Glas wieder.

»Hier noch etwas Wasser, falls du Durst hast.«

»Oh, danke! Das ist ja nett.«
Hauke grinste.

Kapitel 23

Es war 8.17 Uhr, und Thorsten Gerzen war immer noch nicht im LKA aufgetaucht. Daniel nahm den Hörer ab und rief bei der Eingangskontrolle an. Eine junge Kollegin, die er flüchtig kannte, nahm ab.

»Hat sich Thorsten Gerzen bei euch gemeldet? Er soll als Zeuge in der MK Shitstorm vernommen werden.«

»Nein, leider nicht. Wir geben gleich Bescheid, wenn er sich anmeldet«, sagte die Kollegin routiniert.

»Gut. Danke schön!«

Daniel legte auf und trommelte mit den Fingern auf dem Tisch rum. Leider hatte er keine Telefonnummer von Thorsten Gerzen, ansonsten hätte er ihn sofort angerufen. Er könnte aber einen Streifenwagen bei ihm zu Hause vorbeischicken, damit die Kollegen bei ihm klingelten. Oder sollte er erst mal abwarten?

Er drückte seine beiden Zeigefinger fest aufeinander und ärgerte sich. Dann schnappte er sich sein Handy und seinen Autoschlüssel und ging nach unten zum Eingangsbereich. Ben rannte auf dem Flur fast in ihn rein.

»Ist alles in Ordnung?«, fragte Daniel.

Er wirkte etwas verlegen. »Es tut mir leid, Daniel. Ich wollte das mit Charlotte Schmidt nicht ausplaudern. Es ist mir spätnachts gegenüber Christoph rausgerutscht.«

Daniel kratzte sich an der Nase. Er glaubte ihm nicht ganz, aber was nützte ihm das?

»Kein Thema, Ben. Mach dir keine Gedanken!«

Ben schien erleichtert und nickte.

Daniel lief weiter nach unten zur Pforte am Eingang.

Die junge Kollegin, mit der er eben telefoniert hatte, saß an ihrem Platz hinter einer Glasscheibe. Sie trug Uniform und hatte ihre Haare zum Pferdeschwanz gebunden.

»Ich werde selbst zum Zeugen Thorsten Gerzen fahren. Könnt ihr mich sofort anrufen, falls er sich zwischenzeitlich anmelden sollte?«

Er steckte seine Visitenkarte in das Fach vor sich. Die Kollegin zog das Fach auf ihre Seite der Scheibe und guckte dann auf den Bildschirm.

»Natürlich, aber deine Nummer haben wir gespeichert. Die Karte brauche ich nicht.«

Sie schob die Karte zurück und vertiefte sich wieder in ihre Unterlagen.

Er fuhr los und war bereits nach wenigen Minuten vor der Wohnung von Thorsten Gerzen. Er sah, dass die Haustür weit offen stand. Ein paar Handwerker schraubten an einem Schloss rum. Er sagte nichts und spazierte einfach an ihnen vorbei.

Er stieg die vier Stockwerke hoch und stand vor Gerzens Wohnungstür. Er klingelte und wartete. Mit den Fingern klopfte er an den Türrahmen und war gespannt, was nun passieren würde. Aber wie er befürchtet hatte, tat sich innen nichts. So ein Mist! Hatte Thorsten Gerzen sich etwa abgesetzt? Daniel lehnte seinen Kopf an die Tür. Mist, er hätte nicht nur Florian Köhler und Andreas Moser, sondern auch ihn beschatten lassen sollen.

»Sind Sie ein Freund von Herrn Gerzen?«

Er drehte sich um. Vor ihm stand eine kleine Frau. Er schätzte, dass sie keine ein Meter sechzig groß sein mochte. Sie trug eine Jeans und eine kurze schwarze Daunenjacke.

»Nein, ich bin mit Herrn Gerzen verabredet.«

Die Frau nahm einen Schlüssel aus ihrer Jackentasche und öffnete die Tür.

»Er wird nicht da sein, ich putze hier immer mittwochmorgens. Sie müssen später wiederkommen.«

Daniel nickte und spähte kurz in die Wohnung, als sie sie öffnete. Aber er konnte ihn nicht entdecken.

Die Frau schloss die Tür, und Daniel lehnte sich im Hausflur an die Wand. Er nahm sein Handy raus und wählte die Nummer der Kollegin von eben.

»Hallo, hier ist Daniel Zumsande. Ich wollte nur fragen, ob sich Thorsten Gerzen inzwischen ...«

Auf einmal hörte er einen lauten Schrei aus der Wohnung. »Moment, hier ist etwas passiert. Ich melde mich gleich wieder.«

Die Reinigungshilfe schrie noch einmal. Daniel klopfte laut an die Tür und klingelte.

»Öffnen Sie bitte die Tür! Ich bin von der Polizei. Öffnen Sie bitte die Tür!«

Er hörte Schritte, die Tür ging auf, und dann sah er erneut das Gesicht der Frau. Doch nun war sie aschfahl. »Thorsten ... Herr Gerzen, er ist da ... im Wohnzimmer.«

Daniel zog seine Dienstwaffe raus. »Ist noch jemand in der Wohnung?«

»Nein. Ich glaube nicht.«

Die Frau sackte in sich zusammen. Daniel konnte sie gerade noch am Arm packen. Er steckte seine Waffe weg und hielt sie an beiden Seiten fest. Dann setzte er sie vorsichtig an die Wand.

»Geht es Ihnen gut? Können Sie mich verstehen?«

Die Frau nickte.

»Ich rufe Ihnen sofort einen Krankenwagen. Ich gehe nun ins Wohnzimmer und schaue nach Herrn Gerzen. Einverstanden?«

Die Frau murmelte etwas.

Er zog seine Dienstwaffe wieder raus und ging langsam durch den Flur. Als er um die Ecke bog, konnte er es sehen: Thorsten Gerzen hing an einem Strick von einem Deckenbalken. Unter ihm stand ein klappriger Rollcontainer.

Damit hatte Daniel nicht gerechnet.

Kapitel 24

Der Krankenwagen kam und versorgte die Frau. Unterdessen rief Daniel Christoph an. Sein Chef wollte selbst vorbeikommen und den Tatort besichtigen. Als er auflegte, sah er jemand anders die Treppe hochkeuchen.

»Wieso müssen die Leute immer im vierten Stock sterben?«

Daniel sah den Mann an. Er war fast einen Meter neunzig und breit gebaut. Er trug einen großen Koffer und lächelte ihn an.

»Du bist bestimmt Daniel. Der neue Kollege aus NRW.«

»Richtig.« Daniel streckte ihm die Hand entgegen.

»Ja, moin! Ich bin Dirk, der Gerichtsmediziner. Wir treffen uns jetzt bestimmt öfter.«

Dirk zog einen Schutzanzug, Mundschutz und Handschuhe an und klopfte Daniel auf die Schulter.

»Aber sag mal, wieso wechselst du nach Hamburg, wenn Fortuna Düsseldorf gerade aufsteigt?«

Daniel lächelte. »Bald können sie ja gegen den HSV spielen.«

Dirk verzog das Gesicht.

»Die Hoffnung stirbt zuletzt.«

Er packte seinen Koffer und schaute um die Ecke.

»Dieser Mann hier ist definitiv gestorben.«

»Yes.«

Als sie ihn abgehängt hatten, nahm Dirk den Strick vom Hals und schaute kurz auf ihn. »Das war vermutlich kein Suizid.«

Daniel horchte auf. »Bist du sicher?«

»Sicher bin ich mir nicht. Aber schau dir mal die Male am Hals an. Die sind atypisch für Erhängen. Außerdem ...« Er drehte den Hals etwas. »Das sieht nach Würgemalen mit einem Tuch oder Ähnlichem aus. Ich vermute, er ist erdrosselt worden.«

Dirk schaute hoch. »Stand dieser Rollcontainer unter der Leiche?«

Daniel schob das wackelige Teil etwas näher ran.

»Findest du auch unwahrscheinlich, oder?«, fragte Dirk.

»Ja, auf jeden Fall.« Daniel strich leicht über die Oberfläche. Sie war kein bisschen zerbeult. Darauf hatte kein erwachsener Mann gestanden und sich erhängt.

Ein zweiter Mord. Daniel dachte fieberhaft nach. Hatte Florian Köhler nun auch Thorsten Gerzen umgebracht, weil er Angst hatte, dass dieser bei der Polizei aussagen würde? Er musste dringend sein Alibi von gestern Abend überprüfen.

Seine Kollegen vom Erkennungsdienst gingen an ihm vorbei, und ein Fotograf dokumentierte alles. Ein anderer Kollege stupste ihn an. Er hielt einen braunen Papierbeutel hoch. Daniel schaute rein und sah ein Messer.

»Wurde ein solches Messer nicht am Tatort von Hannah Klarenheim vermisst?«, fragte der Kollege.

Daniel nahm den Beutel in die Hand. »Das stimmt, das ist vermutlich die Tatwaffe. Wo hast du sie gefunden?«

»Unter dem Bett im Schlafzimmer.«

»Lass den Fotografen bitte noch alles aufnehmen.«

Er gab ihm den Beutel zurück und dachte nach. Hatte Thorsten Gerzen wirklich das Messer, mit dem er Hannah Klarenheim erstochen hatte, unter dem Bett versteckt? Das sah nach einem Amateurtrick aus, um ihm den Mord in die Schuhe zu schieben? Sie mussten Florian Köhler wieder ins LKA zitieren.

»Weißt du schon die Tatzeit?«, fragte Daniel.

»Ich messe gleich die Temperatur, gib mir nur ein paar Minuten.«

Dirk führte das Thermometer in den After ein und sah nach einiger Zeit darauf.

»Die Tatzeit war vermutlich gestern zwischen dreiundzwanzig Uhr und Mitternacht.«

Daniel wollte so schnell wie möglich zurück ins LKA, um die neue Lage mit allen zu besprechen. Als er im Flur stand, vibrierte sein Handy in der Jackentasche. Er riss seinen Schutzanzug auf und holte schnell sein Smartphone raus. Es war Ben.

»Hallo! Was gibt's? Ich bin auf dem Weg zurück.«

»Hallo! Du, ich wollte dir nur schnell diese Info durchgeben. Ich habe mich noch einmal intensiver mit dem ›Männeruniversum‹ befasst und die Administratoren etwas unter Druck gesetzt. Weißt du, wer bei der Programmierung des Forums geholfen hat?«

»Sag schon!«

»Hauke Luhm.«

Daniel verstummte, aber Ben sprach einfach weiter.

»Er hatte damit Zugang zu vielen Funktionen und könnte auch das Profil von ›nairolf‹ ganz leicht gefälscht haben. Außerdem – und jetzt kommt der Hammer – hat Sarah herausgefunden, dass Florian Köhler mit ihm ein langes Wochenende im Romantikhotel Waldenwurf verbracht hat.«

Daniel ließ das Handy sinken.

Das Geheimnis war Hauke. Es gab keine Ex-Freundin, sondern einen Ex-Freund. Und Charlotte war gerade bei ihm.

Kapitel 25

Charlotte hatte geschlafen wie ein Stein, was sie selbst verwunderte – nach der ganzen Aufregung. Aber bei Hauke zu sein, tat ihr offensichtlich gut. Am Morgen hatte sie trotzdem gleich ihren Bruder angerufen und gefragt, ob er sie abholen könne. Sie fühlte sich nicht mehr sicher in Hamburg.

Sie sah auf die Uhr. In einer Stunde würde ihr Bruder hier sein. Sie nutzte die Zeit, um auf Haukes iPad zu recherchieren, aber es war ernüchternd.

Das Internet spuckte nichts aus über einen Brand im August 2000 in Glücksburg. Wahrscheinlich lag es daran, dass es nur eine regionale Nachricht war und im Jahr 2000 noch nicht so viele Meldungen über das Internet verbreitet wurden.

Sie tippte eine neue Suchkombination in Google ein, die sie noch nicht ausprobiert hatte: »Glücksburg, 2000, Feuerwehr«.

Ohne große Hoffnung zu haben, schaute sie auf die Ergebnisse. Aber sie entdeckte überraschenderweise eine Datenbank mit allen Einsätzen der Feuerwehr aus Glücksburg. Wie großartig!

Sie ließ sich von der Couch auf den Boden sinken. Jetzt musste sie nur noch den 10. August 2000 finden.

Kein Treffer. Mist!

Sie versuchte noch einmal »Hannah Klarenheim« und »Glücksburg«, aber nichts Brauchbares kam dabei heraus. In der Bildersuche tauchten nur aktuellere Fotos von Hannah auf.

Auf einmal stach ihr jedoch eines ins Auge. Hannah trug einen schwarz-grün karierten Wollmantel und strahlte mit einer Gruppe Frauen in die Kamera. Diese Jacke kannte sie doch! Charlotte hatte sie im Flur angefasst und dort etwas gefühlt. Aber dann hatte ihr Daniel gesagt, sie solle nichts anfassen.

Charlotte dachte nach. Ob sie es einfach noch einmal wagen sollte? Wer weiß, was Hannah dort versteckt hatte! Besser zumindest, als hier im Nichts zu stochern.

Charlotte sah zur Balkontür und stand auf. Sie zog ihre Wollmütze über den Kopf und stopfte ihre Haare, so gut es ging, darunter. Dann nahm sie ihre Handschuhe und ging raus. Genau wie gestern stieg sie auf den Stuhl und kletterte nach oben. Sie betete, dass sie niemand beobachten würde. Aber das Risiko musste sie eben eingehen.

Als sie oben stand, zog sie ihre Handschuhe an und drückte vorsichtig gegen die Balkontür. Sie gab nach, und Charlotte ging in den Flur.

Sie nahm die Jacke von der Garderobe und suchte alle Taschen ab. Aber sie waren leer. Sie hockte sich auf den Fußboden und breitete den Mantel vor sich aus. Dann fühlte sie Stück für Stück das gesamte Innenfutter ab. Bingo! Ganz unten rechts steckte etwas fest. Charlotte fand ein Loch und zog eine CD raus. »1. bis 17. Februar, Mitschnitt«, stand auf dem Deckel. Eine Woche vor dem Shitstorm und zwei Wochen vor ihrem Tod. Das könnte interessant sein.

Sie stand auf und hängte den Mantel weg. Jetzt musste sie schnell wieder runter. Sie kletterte genauso zurück wie am Tag zuvor und war froh, wieder bei Hauke zu sein. Sie blickte sich um, im Regal stand eine Kompaktanlage. Charlotte legte die CD ein und hoffte, dass sie darauf einen guten Hinweis finden würde.

Der Ton begann, und sie hörte Hannahs Stimme. Charlotte zuckte zusammen. Es war ein komisches Gefühl, eine Frau zu hören, die nicht mehr lebte.

Hannah begann zu reden. Sie erzählte von Dingen, die an den einzelnen Tagen geschehen waren. Recherchеergebnisse, aber auch Persönliches. Das war ein Audio-Tagebuch!

Vieles war leider nicht interessant, deshalb spulte Charlotte nun langsam vor, sodass die Stimme zwar schneller sprach, aber immer noch halbwegs zu verstehen war.

»Mir macht Angst, dass er plötzlich so aggressiv wird.«

Oh Gott, wen meinte sie? Hatte sie vielleicht etwas überhört? Charlotte spulte wieder ein Stück zurück.

»Ich finde es gut, dass Florian mir offen gesagt hat, dass er bisexuell ist und früher auch Beziehungen zu Männern hatte. Das ist nicht einfach für ihn, weil seine Familie damit große Schwierigkeiten hatte. Aber er ist mir gegenüber ehrlich, und das bewundere ich.«

Florian bisexuell? In Charlottes Gehirn ratterte es. Aber hatte er Hannah deshalb getötet?

»Aber mein Nachbar kommt damit nicht zurecht und macht mich bei jeder Gelegenheit runter. So ganz subtil. Ich schätze, dass er schon länger in Florian verliebt ist. Er ärgert sich, weil er uns einander vorgestellt hat.«

Charlotte hielt die Aufnahme an. Hannah hatte von Hauke gesprochen. Das war ein Scherz, oder?

»Dreh dich um!«

Charlotte guckte hinter sich. Hauke stand im Türrahmen. Er hielt ein Messer in der Hand.

»Was machst du da?« Ihre Stimme zitterte.

»Na, wonach sieht es denn aus?«

»Hauke, wir sind doch Freunde.«

»Ja, genau. Mordsfreunde.«

Er kam näher, seine Pupillen waren so groß, dass seine Augen fast schwarz aussahen. Er drückte auf die Anlage und stellte die CD aus.

»Was zum Teufel hast du da wieder gefunden?«

»Hauke, bitte, leg das Messer weg! Lass uns ganz normal miteinander reden ...«

»Du hättest hier nicht rumschnüffeln dürfen.«

Charlotte zuckte. Er packte sie an den Haaren und warf sie aufs Sofa. Das war kein Scherz mehr. Sie blickte ihn an. »Ich verstehe dich nicht.«

Hauke holte die CD aus dem Player und steckte sie in seine Tasche. »Wärst du einfach still geblieben, würdest du heute nicht sterben.«

Charlottes Augen flackerten. Sterben? »Du bringst mich nicht um«, schrie sie. »Das kannst du gar nicht.«

Er grinste. »Das hätte ich früher auch von mir gedacht. Aber das hat sich wohl geändert.«

Charlotte presste sich an die Ecke des Sofas. Was war das hier? »Du bist in Florian verliebt.«

»Da hast du recht.«

»Und deshalb hast du Hannah umgebracht?«

Sie sah, wie sich hinter seiner Stirn neuer Zorn zusammenzog. Sie hätte besser nichts gesagt. »Es war überhaupt nicht geplant, diese dumme Hexe umzubringen. Aber sie hat alles zerstört. Florian wollte mit mir zusammen sein. Er hatte mit mir die schönste Zeit seines Lebens ...« Seine Stimme bebte. »Und dann kommt diese scheiß Hannah um die Ecke, und Florian sieht seine aalglatte Zukunft mit Reihenhaus und Schwiegermutter vor sich.«

Charlotte keuchte. Was sollte sie nur tun? Er musste sich wieder beruhigen.

»Ich verstehe dich, Hauke. Ich kenne den Schmerz, zurückgewiesen zu werden.«

Sie sah in seine Augen. Er war kurz irritiert. Aber dann formte sich sein Gesicht zu einer Maske. »Du weißt einen Scheißdreck. Ich habe dich die ganze Zeit verarscht, und du hast nichts gecheckt.«

»Was?«

»Der kleine Shitstorm gegen dich. Hast du das schöne Foto mit deinem Bruder gesehen?«

Charlotte starrte ihn an.

»Damit hast du nicht gerechnet, was?«

Er war es gewesen. Er hatte den Shitstorm angezettelt.

Charlotte schaute zur Tür. Wann würde ihr Bruder kommen? Sie sah kurz zum Schreibtisch. Dort lag ihr Handy.

Hauke registrierte ihren Blick. Er ging rüber und nahm ihr Smartphone in die Hand.

»Dein Handy ist ausgeschaltet, Charlotte. Aber wer sollte kommen und dir helfen? Der Polizist hat dich rausgeworfen. Was für ein Pech!«

Charlotte musste etwas tun. »Lass uns doch einfach reden, Hauke. Wirklich. Ich will dich verstehen.«

»Ja, du willst mich verstehen?«

Charlotte nickte vorsichtig.

»Ich will aber etwas anderes. Wie wäre es, wenn ich ein schönes Video davon mache, wie ich dich ersteche?«

»Hauke, nein ...« Sie quetschte sich noch enger an den Rand des Sofas. »Du willst doch niemanden umbringen. Das bist nicht du.«

»Halt deinen Mund!«

Hauke raste auf sie zu und schlug ihr mit dem Griff des Messers ins Gesicht. Alles schien zu explodieren.

Er stand dich vor ihr, packte sie und warf ihren Kopf auf die Sofakante. Charlotte schrie auf. Aber plötzlich war ihr klar, dass das ihr Moment war. Sie atmete tief ein und ergriff sein Bein, das direkt vor ihrem Gesicht war. Blitzschnell biss sie rein.

Hauke schreckte zusammen und ließ sie los.

Charlotte stieß ihn weg und lief zur Tür. Sie hörte, wie Hauke sich hinter ihr aufrappelte, und spürte im selben Moment einen Schlag in ihrem Rücken. Knack!

Hauke hatte sie mit einem Gegenstand getroffen. Sie lag vor dem Regal und krümmte sich vor Schmerzen.

»Du Biest! Musst du alles so kompliziert machen.«

Er schaute von oben auf sie runter und hielt noch immer das Messer in der Hand. »Hättest du nicht einfach die Geschichte von gestern schlucken und dich in das scheiß Münster verkriechen können?«

Charlotte blickte ihn von unten an.

»War das auch gelogen?«

»Natürlich, was für eine Quatsch-Story. Es gab nie einen Brand oder ein totes Kind. Das habe ich alles erfunden, um dich ein paar Stunden lang zu beschäftigen.«

Alles schmerzte, und Tränen flossen aus ihren Augen. »Und ›ritzelbaeki‹? Hat er für dich Hannah umgebracht?«

»Er hat sie nicht umgebracht.« Hauke kam mit dem Messer in der Hand immer näher. Sie guckte direkt auf die Spitze. Wie viel Zeit hatte sie noch? Zwei Sekunden?

»Du hast Angst, nicht wahr?« Hauke schaute sie an. »Dein lieber Freund ›ritzelbaeki‹ sollte Hannah auch Angst machen. Das hätte ihre neue, tolle Liebe bestimmt nicht ausgehalten. Und einen Idioten in einem Forum zu finden, der sich dafür hergibt, war nicht schwer. Aber Hannah sollte gar nicht sterben, eine verwüstete Wohnung hätte ja schon gereicht. Doch sie musste ja unbedingt früher nach Hause kommen. Und der Versager ist einfach abgehauen. Dann hat sie laut geschrien ...« Hauke verzog sein Gesicht. »Also musste ich nach oben gehen und mit ihr reden. Aber sie hat so geschrien.«

In diesem Moment spürte Charlotte keinen Schmerz mehr.

»Jetzt bist du endlich ruhig, oder? ›ritzelbaeki‹ hat sich wenigstens noch gewehrt.«

»Hast du ihn auch umgebracht?«

»Der wollte alles deinem Freund Daniel erzählen. Aber ich bestimme, wann alles zu Ende geht.«

»Hauke, bitte, sei vernünftig! Noch kannst du mich gehen lassen. Ich weiß, dass du ein guter Mensch bist, aber man hat dich im Laufe deines Lebens mies behandelt. Zeig nun, dass du es besser machst.«

Haukes Augen funkelten. »Meinst du wirklich?«

»Ja ... Alles wird gut.«

Seine Schultern sackten ein, und Charlotte spürte, wie die Spannung aus seinem Körper wich. Blitzschnell schleuderte sie das Messer aus seiner Hand.

Sie stieß ihn weg, und Hauke fiel auf seine linke Seite. Charlotte zog sich schnell auf die Knie und versuchte das Messer zu ergreifen. Aber er hatte sie schon am Bein gepackt.

»Nein«, dachte sie nur. »Diesen Kampf gewinne ich.«

»Warum hörst du mir nicht zu? Ich bestimme, wann und wie das Spiel endet.«

Sie streckte die Hand aus. Es waren nur noch Zentimeter. Plötzlich sackte sie zusammen und stürzte zu Boden. Hauke hatte ihr heftig in den Rücken getreten. Er warf sie um und setzte sich auf ihren Bauch. Charlotte bekam keine Luft.

Er drückte und drückte an ihrer Kehle. Sie zappelte und versuchte, ihn von sich zu stoßen, aber er war viel stärker als sie. Dann wurde es schwarz, und ihre Umgebung versank in Dunkelheit. Sie hatte keine Kraft mehr, aber das machte ihr merkwürdigerweise nichts aus. Es war so wunderbar friedlich um sie herum.

Plötzlich wurde sie von etwas hochgerissen. Sie schnappte nach Luft.

Hauke stand vor ihr, aber er berührte sie nicht mehr. War sie noch am Leben? Von ganz weit weg hörte sie ein Hämmern, das immer stärker wurde.

»Polizei, öffnen Sie sofort die Tür!«

Charlotte versuchte hochzukommen. Hauke ging einen Schritt zur Seite. »Wenn ihr reinkommt, ist sie tot«, schrie er.

Sofort war Ruhe hinter der Tür.

Er guckte zornig zu ihr rüber. »Du miese Hexe! Ist dein Daniel doch gekommen?«

»Ich ...«

Er griff ins Regal und nahm eine Flasche und ein Feuerzeug heraus.

»Dann sterben wir eben beide!«

Ohne dass Charlotte verstand, was passierte, kippte er die Flüssigkeit über das Sofa und den Teppich. Dann warf er ein brennendes Feuerzeug hinein, und hohe Flammen loderten auf. Charlotte wollte weg, aber Hauke trat ihr brutal in die Seite. Sie rang nach Luft. Er nahm das Messer und hielt es direkt an ihren Hals. »Na komm! Erst du und dann ich.«

»Kommt nun das Ende?«, dachte Charlotte und schloss die Augen.

In diesem Moment hörte sie einen Schrei und fiel zu Boden. Es war Hauke gewesen. Er sank hinter ihr weg. Überall war Rauch. Charlotte hielt sich die Hand vor den Mund und hustete. Die Flammen um sie herum wurden immer größer. Vor ihr lag Hauke, der wie am Spieß schrie und zappelte. Die steinerne Göttin Kali war auf ihn gefallen, und sein Hemd am linken Arm brannte.

Charlotte wurde langsam schwarz vor Augen. Sie sah nur verschwommen, wie Polzisten mit dicken Westen und Helmen den Raum stürmten.

Kapitel 26

Daniel lehnte draußen an einem Streifenwagen und kniff sich mit Zeigefinger und Daumen die Augen zu. Er hatte Charlotte nicht mehr gesehen.

Christoph stellte sich zu ihm.

»Am Ende sind es immer Täter aus dem Umfeld.«

Daniel musste lächeln, obwohl es ihn anstrengte. »Ja, unser Job ist langweilig.«

»Sehr langweilig.«

Christoph sah ihn lange an und berührte ihn dann am Arm. »Gut gemacht.«

Daniel steckte seine Hände in die Hosentaschen. »Ist es in Ordnung, wenn ich mich zu Hause zwei, drei Stunden hinlege? Ich brauche eine kurze Pause.«

Christoph guckte wieder in die Ferne. »Mach das! Hauke Luhm ist sowieso erst einmal nicht vernehmungsfähig. Wir sehen uns dann später.«

Epilog

Eugen hielt die *Schicksalstage* hoch.

»Ladies and Gentlemen: Schaut euch diese Ausgabe an. Erst eine Woche am Kiosk und schon ein Auflagenrekord.«

Im Büro applaudierten ihre zehn Kollegen und schauten fast gleichzeitig zu Charlotte rüber. Sie lächelte und wünschte sich, dass der Augenblick schnell vergehen möge.

Auf dem Cover der *Schicksalstage* ragte eine übergroße Hannah Klarenheim auf, und sie selbst lächelte ehrfürchtig in einem kleinen runden Bild neben ihr. »So konnte ich der toten Hannah Klarenheim helfen.« Eine Bombenstory. Schicksalhafter konnte kein Schicksal sein.

Melli sprang von ihrem Schreibtisch auf und verteilte Pappbecher, die mit dem Bild einer Buddhastatue bedruckt waren. Eugen nahm seine Hand runter und öffnete eine Flasche Champagner, die neben ihm stand.

»Darauf müssen wir trinken! Charlotte hatte den Mut, einem Mörder direkt in die Augen zu sehen.«

Sie verzog ihr Gesicht.

Er grinste sie an. »Deine Recherchen haben dazu beigetragen, einen großen Fall zu lösen.«

Der Korken knallte, und Eugen verteilte den Champagner. Ihre Kollegen prosteten sich zu.

Eugen legte nach. »Hoffentlich vergisst du uns in Zukunft nicht ganz.«

Melli nahm ihren Becher runter. »Wie meinst du das?«

Eugen zwinkerte Charlotte zu. »Na, wir verlieren Charlotte zum Teil an die Kollegen von *Versus*. Aber ich bin mir sicher, dass das Schicksal sie trotzdem noch das ein oder andere Mal zu uns führt. Das sehe ich vor meinem inneren Auge.«

Er hatte einen Schuss. »Eugen, den großen Artikel habe ich für die *Versus* geschrieben. Dieser war nur ein Nebenprodukt. Das hast du nicht erwähnt.«

Eugen grinste. »Ach Papperlapapp. Nebenprodukt. Die wahrhaften Gefühle stehen bei uns.«

Charlotte trank einen Schluck und lächelte den anderen zu. Sie waren ein verrückter Haufen, aber irgendwie mochte sie sie doch.

Sie nahm ihre Tasche vom Boden und wollte ein Foto machen. Als sie nach ihrem Handy kramte, brummte es auf einmal. Rief etwa jemand an? Sie schaute auf das Display und lächelte dann. Es war Daniel.

Danksagung

Auf dieser Seite würde ich gern meinem Netz aus Unterstützern danken. Einige haben mir mit ihrem großen Wissen geholfen (Proxy-Server), andere sind nicht müde geworden, mich zu motivieren (»Ich bin mir total sicher, dass du das schaffst!«), und dann gab es noch welche, die genau zum richtigen Zeitpunkt gekommen sind, um dieses Buch zu fördern. Danke an alle!

Julia Müller, Sebastian Schulte, Antje Hartmann, Lisbeth Körbelin, Tabea Horst, Jonas Fischer-Maeck, Roswitha Broszath, Dorothee Scholz, Sandra Konrad, Jennifer Spielvogel, Michaela Detsch, Hauptkommissar Holger Vehren vom Landeskriminalamt Hamburg, Till Raether, Britta Hansen und Antje Heidböhmer.

Quellen

- Die britische Zeitung *The Guardian* hat 2016 siebzig Millionen ihrer Online-Kommentare ausgewertet und herausgefunden, dass von den Autoren, die auf ihrer Seite am meisten beschimpft wurden, acht weiblich sind. Die beiden Männer haben eine schwarze Hautfarbe.
  Becky Gardiner (u.a.): The dark side of Guardian Comments (12.04.2018), unter: https://www.theguardian.com/technology/2016/apr/12/the-dark-side-of-guardian-comments (abgerufen am 6.7.18)
- Amnesty International gab 2017 eine Umfrage in Auftrag, um die Erfahrungen von Frauen in Sozialen Medien zu beleuchten. Befragt wurden Frauen zwischen achtzehn und fünfundfünfzig Jahren in Dänemark, Italien, Neuseeland, Polen, Spanien, Schweden, Großbritannien und den USA. Fast ein Viertel gab an, mindestens einmal Missbrauch oder Belästigung in den Sozialen Medien erlebt zu haben. Viele der Betroffenen verloren daraufhin ein Stück ihres Selbstvertrauens und hatten Hemmungen, sich weiterhin offen im Internet zu äußern.
  Medienmitteilung (20.11.2017), unter: https://www.amnesty.ch/de/themen/frauenrechte/dok/2017/umfrage-online-missbrauch (abgerufen am 6.7.18)
- Wikipedia-Eintrag: Hexenprozesse von Salem
  https://de.wikipedia.org/wiki/Hexenprozesse_von_Salem (abgerufen am 15.7.2018)
- Sandra Konrad (2017): Das beherrschte Geschlecht – Warum sie will, was er will. München, S. 332 – 333.

- Laurie Penny (2015): Unsagbare Dinge – Sex, Lügen und Revolution. Hamburg, S. 192.